Red Raven

4

Shinta
Fujimoto

Sommaire

Red Raven

4

Chapitre 15
Le garçon aux boucles d'oreilles noires

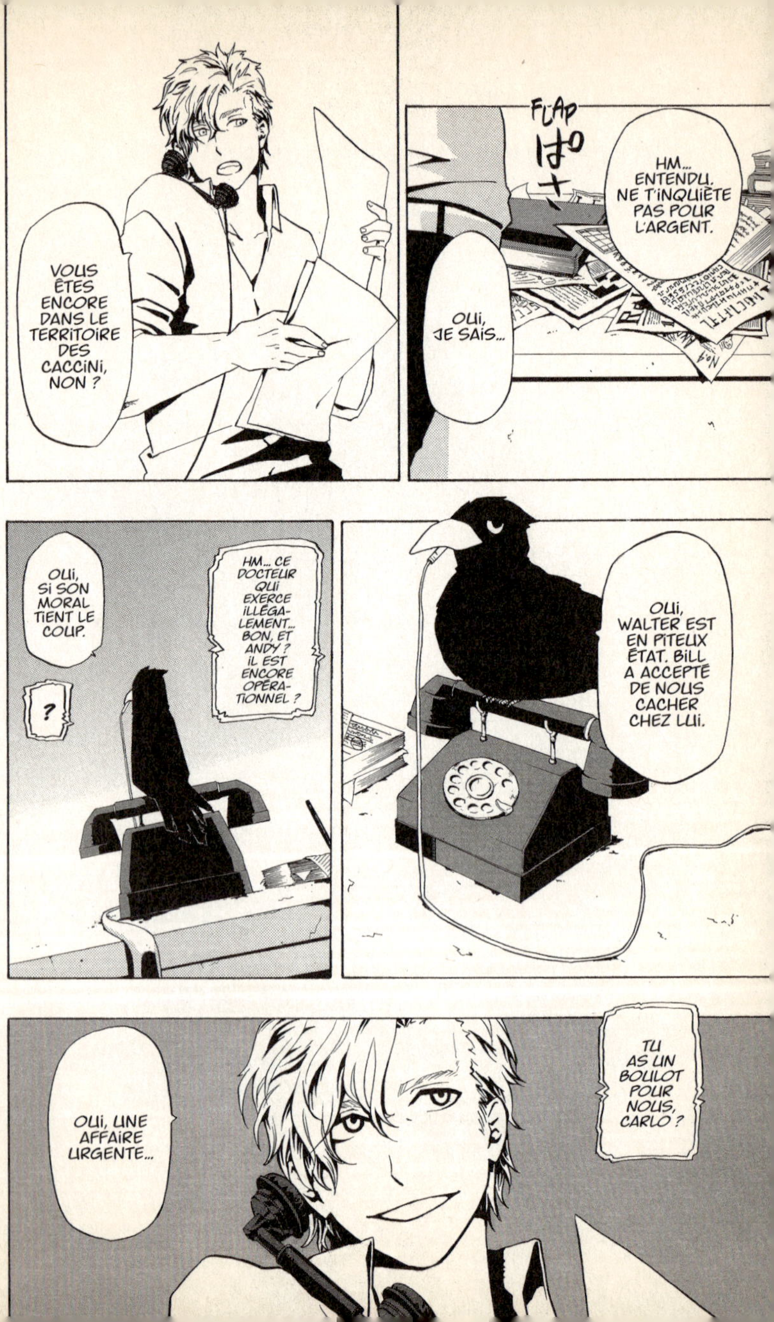
FLAP ぱさ
HM... ENTENDU. NE T'INQUIÈTE PAS POUR L'ARGENT.
OUI, JE SAIS...
VOUS ÊTES ENCORE DANS LE TERRITOIRE DES CACCINI, NON ?
OUI, WALTER EST EN PITEUX ÉTAT. BILL A ACCEPTÉ DE NOUS CACHER CHEZ LUI.
HM... CE DOCTEUR QUI EXERCE ILLÉGALEMENT... BON, ET ANDY ? IL EST ENCORE OPÉRATIONNEL ?
OUI, SI SON MORAL TIENT LE COUP.
?
TU AS UN BOULOT POUR NOUS, CARLO ?
OUI, UNE AFFAIRE URGENTE...

HNNG...
J'AI BEAU ME METTRE SUR LE VENTRE OU SUR LE DOS...
... J'AI MAL PARTOUT.
CLAC CLAC CLAC!
FLAP
TON CORPS EST COUVERT D'ÉCORCHURES... ON DIRAIT QUE QUELQU'UN T'A TRAÎNÉ DERRIÈRE LUI.
TU AS AUSSI UNE GROSSE BLESSURE À LA TÊTE.
c'est une chance que tu aies encore tes cheveux.
La boule à zéro, non merci !
C'EST BON, ÉPARGNEZ-MOI VOTRE BLA-BLA.
ZIEUTE
VOUS FERIEZ MIEUX DE VOUS OCCUPER DE LUI...
CLAC CLACCLAC!

CLAC CLAC CLAC CLAC!
ANDY... S'TE PLAÎT, NE DÉGOBILLE PAS SUR MES MÉDOCS.
CLAC CLAC CLAC
J'AI ACCEPTÉ DE VOUS HÉBERGER À CONDITION QUE TU M'AIDES DANS MON TRAVAIL, ANDY. ALORS, UN PEU DE NERF, S'IL TE PLAÎT !
TU FLIPPES TOUJOURS AUTANT DANS LES HÔPITAUX, ON DIRAIT.
Tu ferais mieux de te prendre une piaule à l'hôtel.
ガシャン
KLANG
TU ES BLESSÉ ET TU N'AS PLUS TON ARME, WALTER.
HH はぁ
HH はぁ
JE NE PEUX PAS TE LAISSER SEUL.

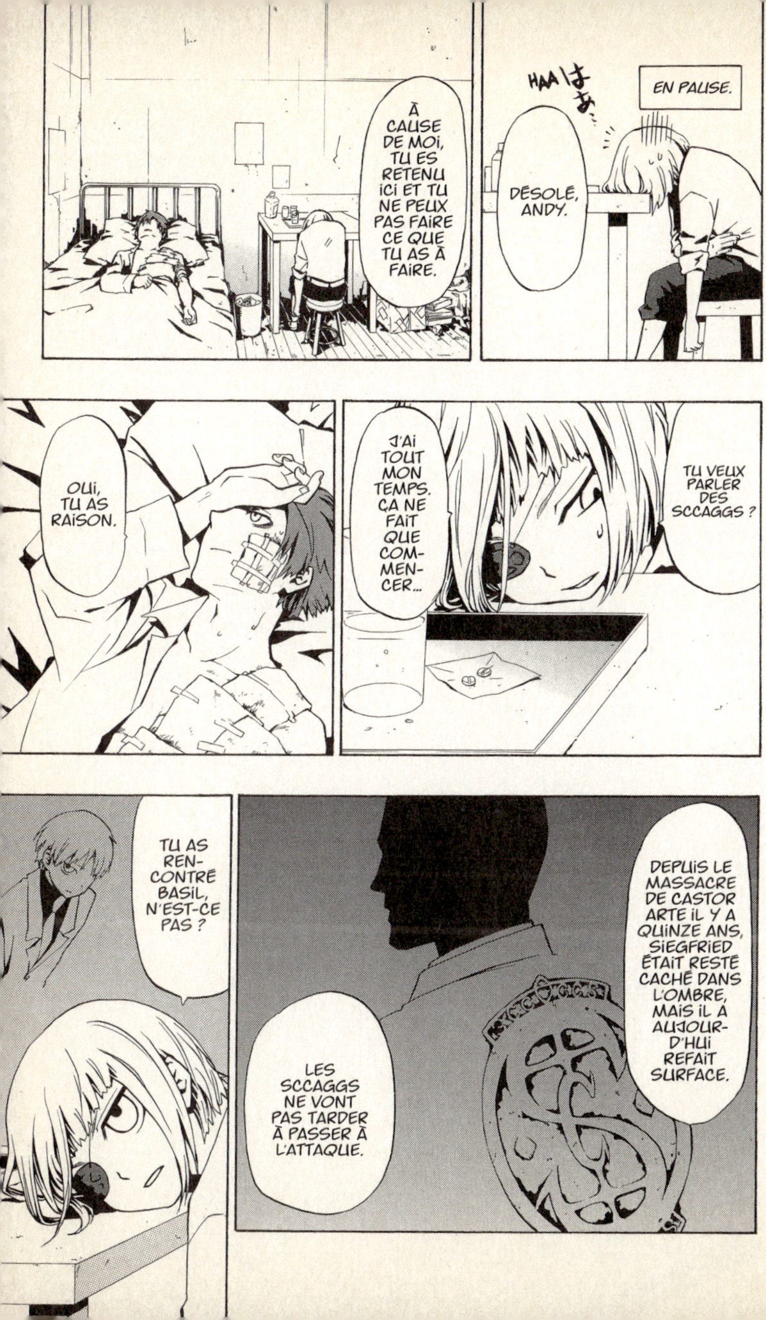
EN PAUSE.
HAA はぁ
DÉSOLÉ, ANDY.
À CAUSE DE MOI, TU ES RETENU ICI ET TU NE PEUX PAS FAIRE CE QUE TU AS À FAIRE.
TU VEUX PARLER DES SCCAGGS ?
J'AI TOUT MON TEMPS. ÇA NE FAIT QUE COMMENCER...
OUI, TU AS RAISON.
DEPUIS LE MASSACRE DE CASTOR ARTE IL Y A QUINZE ANS, SIEGFRIED ÉTAIT RESTÉ CACHÉ DANS L'OMBRE, MAIS IL A AUJOURD'HUI REFAIT SURFACE.
LES SCCAGGS NE VONT PAS TARDER À PASSER À L'ATTAQUE.
TU AS RENCONTRÉ BASIL, N'EST-CE PAS ?

IL LUI MANQUE UN GRAIN, À CE TYPE !
MOUAIS... JE SAIS...
IL REGARDE LES AUTRES D'UN AIR MÉPRISANT. ET IL N'A PAS ARRÊTÉ DE DIRE QUE J'ÉTAIS SALE !! C'EST QUOI, SON PROBLÈME ?
CE GARS EST, LUI AUSSI, UN NUMÉRO RENVERSÉ, PAS VRAI ?
HAA はあ
UNE ARME HUMAINE FABRIQUÉE PAR LES SCCAGGS... J'AVOUE QU'IL EST SACRÉMENT BALÈZE !!
À FORCE DE RESTER DANS CETTE ORGANISATION, SON CERVEAU A DÛ FINIR PAR POURRIR.
ce type n'est pas normal.
...
HÉ ! J'AI PAS DIT QUE C'ÉTAIT AUSSI TON CAS.
T'ES DIFFÉRENT, TOI...
NON...
JE SUIS COMME LUI. JE SUIS, MOI AUSSI, UN NUMÉRO RENVERSÉ. JE NE SUIS PAS NORMAL.
MON CERVEAU ÉGALEMENT, IL DOIT SÛREMENT AVOIR POURRI.

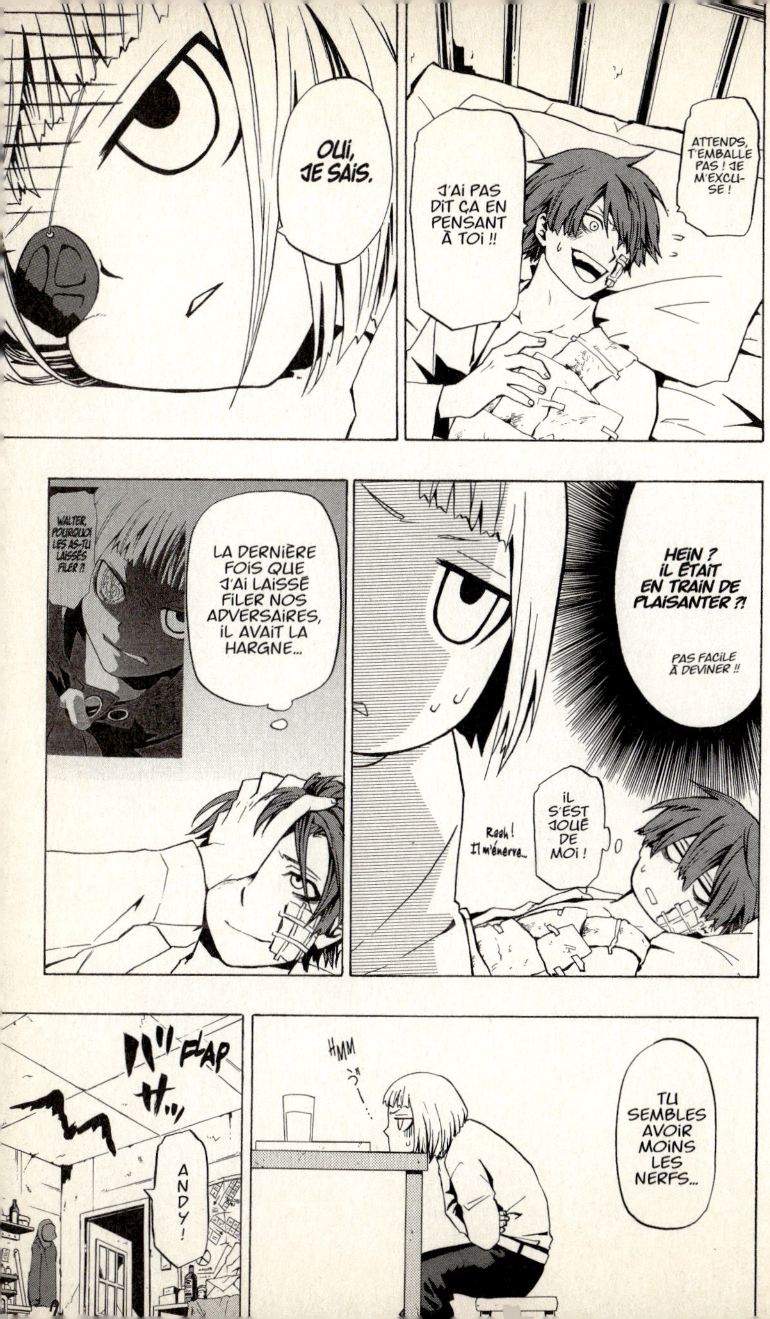
ATTENDS, T'EMBALLE PAS ! JE M'EXCUSE !
J'AI PAS DIT ÇA EN PENSANT À TOI !!
OUI, JE SAIS.
HEIN ? IL ÉTAIT EN TRAIN DE PLAISANTER ?!
PAS FACILE À DEVINER !!
IL S'EST JOUÉ DE MOI !
Raah ! Il m'énerve...
WALTER, POURQUOI LES AS-TU LAISSÉS FILER ?!
LA DERNIÈRE FOIS QUE J'AI LAISSÉ FILER NOS ADVERSAIRES, IL AVAIT LA HARGNE...
TU SEMBLES AVOIR MOINS LES NERFS...
HMM
FLAP
ANDY !

DÉSOLÉ DE TE DÉRANGER, MAIS ON A DU BOULOT ! DÉPÊCHE-TOI, ON Y VA !
UN COMMISSARIAT A ÉTÉ PRIS D'ASSAUT.
HEIN ?!
POURQUOI LES RED RAVEN DOIVENT-ILS SE DÉPLACER POUR LES KEUFS ? ILS PEUVENT PAS SE DÉBROUILLER TOUT SEULS ?
LES MALFAITEURS VEULENT DÉVALISER LE COFFRE-FORT SITUÉ AU SOUS-SOL.
IL EST REMPLI D'ARMES SCCAGGS QUI ONT ÉTÉ CONFISQUÉES À VOLTA.
LES RED RAVEN ONT ÉTÉ SOLLICITÉS EN RENFORT, CAR ÇA SENT PAS BON DU TOUT.
PEUT-ÊTRE, MAIS ANDY N'EST PAS ENCORE COMPLÈTEMENT GUÉRI, ET JE NE PEUX PAS LE LAISSER Y ALLER SEUL.
HUNG
ET SI EN PLUS DE ÇA, C'EST UNE AFFAIRE DE SCCAGGS...
ぽふっ
PWOF
GUMPF !!

AÏE
いてぇ
QU'EST-CE QUI TE PREND...?
TOUT IRA BIEN.
NE T'EN FAIS PAS...
FRUP FRUP
がし
がし
JE FERAI ATTENTION À MOI.
FRUP
DANS CE CAS, SI TU LE DIS...
Voilà que, maintenant, c'est lui qui se met à jouer les durs !
JE TE LAISSE FAIRE, NUMÉRO IV !
GOT IT !

ÇA ME FAIT TANT DE PEINE DE DEVOIR ME SÉPARER DE TOI.
JE CONTINUERAI À PENSER À TOI À CHAQUE INSTANT.
EUH...
TU CHANGES JUSTE DE POSTE...! LÂCHE-MOI, ESPÈCE DE POT DE COLLE !!
GNUP GNUP
TU DIS ÇA, MAIS SANS VRAIMENT ESSAYER DE ME REPOUSSER. J'AIME TA GENTILLESSE !
À MON AVIS, C'EST PAS DE LA GENTILLESSE. C'EST JUSTE QUE...
POC
LES LÂCHES QUI FONT PLEURER LES FEMMES...

... JE LEUR CASSE LA TÊTE AVEC MES TALONS.
... DEVANT SA SOEUR, IL EST UN PEU BLOQUÉ.
TU N'AS PAS L'AIR DE BONNE HUMEUR, LAURA.
L'ANCIEN CHEF ÉTAIT AUSSI SOUVENT DE MAUVAISE HUMEUR AVANT LES RÉUNIONS DES CINQ GRANDES FAMILLES.
ÊTRE TROP JOYEUX SERAIT ÉGALE-MENT EMBÊTANT.
L'INCIDENT DE VOLTA A COUVERT DE HONTE LES CACCINI. ET LES SCCAGGS SE SONT À NOUVEAU MONTRÉS...
T'IN-QUIÈTE PAS POUR ÇA.
CONTINUE JUSTE À AVANCER.

MÊME EN TERRITOIRE ENNEMI, NOUS SERONS LÀ POUR T'OUVRIR LA VOIE.
NOUS SOMMES LES CHIENS NOIRS, ET ÇA FAIT PARTIE DE NOTRE BOULOT.
J'AI HÂTE DE VOIR ÇA.
BIEN, AL-LONS-Y !
LAURA...!!

LE COMMISSARIAT DE CHELVA A ÉTÉ ATTAQUÉ !!
IL Y A UN SCCAGGS QUI PORTE UN NUMÉRO RENVERSÉ PARMI LES MALFAITEURS ...!!
PAS DE PANIQUE. ON EST PRÉPARÉS À CE GENRE D'INCIDENT.
CE SCCAGGS DONT TU PARLES, EST-CE LE GAMIN EN BLANC ?
NON !!
IL S'AGIT DE...
... LE PREMIER NUMÉRO RENVERSÉ QUE NOUS AVONS AUTREFOIS IDENTIFIÉ !
... DARIO... DARIO GALLIANO !

...
DARIO, LE GARÇON AUX BOUCLES D'OREILLES NOIRES...?!
DEPUIS COMBIEN DE TEMPS SONT-ILS À L'INTÉRIEUR ?
COMMENT VONT LES OTAGES ?
GRR... SI SEULEMENT ON SAVAIT CE QUI SE PASSE LÀ-DEDANS ...!!

ON N'A PAS BESOIN D'AUTANT D'OTAGES.
ILS NE FONT QUE NOUS ENCOMBRER.
LA FERME !
HÉ ! ARRÊTE... QU'EST-CE QUE TU FAIS ?
PRÉPAREZ-VOUS À METTRE LES VOILES !
LE COFFRE EST BIENTÔT OUVERT.
PFF... VOUS ÊTES PATHÉTIQUES...
MESSIEURS LES POLICIERS, IL EST TEMPS DE FAIRE VOS PRIÈRES...
QUAND ON FAIT UN CASSE, AUTANT FAIRE LES CHOSES EN GRAND.

DOM
FLAF
SPLOTCH!
QUE ...?

VRAIMENT PATHÉTIQUES.
FWP
GATCH
がし
"LES ARMES APPORTENT LIBERTÉ ET ÉGALITÉ", N'EST-CE PAS ?
RIEN NE SERT DE MONTRER CE QU'EST LA FORCE...
... À DES TYPES QUI N'ONT NI AUTORITÉ NI PUISSANCE MILITAIRE.
DES INCAPABLES COMME VOUS...
... NE SONT PAS DIGNES D'UTILISER DES SCCAGGS.

BROUHAHA
ザワ
ザワ
BROUHAHA
CHARLES...
HM... JE NE VOIS AUCUN POLICIER. TOUT EST TROP CALME.
HE, TOI ! IL EST DANGEREUX DE RESTER ICI ! VA-T'EN !
C'EST AUSSI DANGEREUX POUR VOUS.
OUAIS, MAIS JE NE RESTE PAS LONGTEMPS. JE NE VAIS PAS TARDER À M'EN ALLER.
...

SAVEZ-VOUS CE QUI S'EST PASSÉ ?
HM... UN INCIDENT, MAIS QUOI, JE NE SAIS PAS EXACTEMENT...
C'ÉTAIT BIZARREMENT CALME À L'INTÉRIEUR, ALORS, LES FLICS SONT TOUT À COUP ENTRÉS.
ON A ENTENDU DES COUPS DE FEU, PUIS, APRÈS, PLUS RIEN. LE CALME EST DE NOUVEAU REVENU.
GWOOOO
AUCUN DES TYPES QUI SONT ENTRÉS N'EST RESSORTI.
À CROIRE QU'ON A AFFAIRE À UNE MAISON HANTÉE QUI DÉVORE LES GENS.
PSS
TU ENTENDS ÇA ? UNE MAISON HANTÉE...
PSS
DIS PAS DE BÊTISES. PASSONS PAR-DERRIÈRE.
TU T'EN VAS DÉJÀ ?
IL EST DANGEREUX DE RESTER ICI, MONSIEUR. VOUS FERIEZ MIEUX DE VITE PARTIR.
TSS...

Y A PAS UN CHAT.
MOUI... C'EST PAS NORMAL.
ALLONS VOIR AU SOUS-SOL, LÀ OÙ SE TROUVE LE COFFRE-FORT.
LES MALFAITEURS SEMBLENT APPARTENIR À LA NOUVELLE MAFIA QUI VIENT DE SE METTRE EN PLACE...
WOUAAAAH!!
SBOM
?!
GLUP
J'AI EU UNE DE CES FROUSSES...

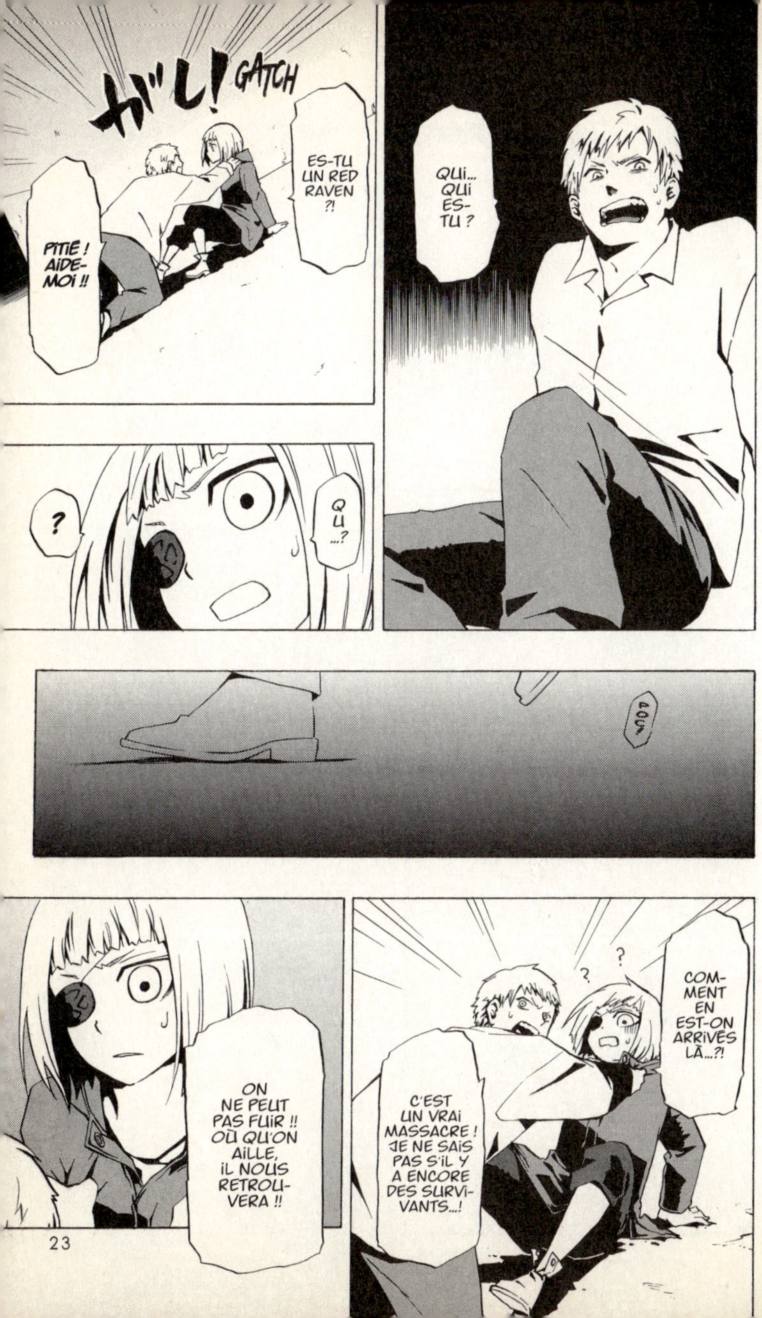
QUI... QUI ES-TU ?
がし! GATCH
ES-TU UN RED RAVEN ?!
PITIÉ ! AIDE-MOI !!
QU...?
?
POC
COMMENT EN EST-ON ARRIVÉS LÀ...?!
? ?
C'EST UN VRAI MASSACRE ! JE NE SAIS PAS S'IL Y A ENCORE DES SURVIVANTS...!
ON NE PEUT PAS FUIR !! OÙ QU'ON AILLE, IL NOUS RETROUVERA !!

BON SANG ! C'EST QUI, CE TYPE ?
IL N'EST PAS HUMAIN, C'EST UN MONSTRE...
SCCAGGS
No.
AAAH ! TOI AUSSI ...!!
MOI AUSSI ...?!

WOUAAAH!
ATTENDEZ...!!
GWOOOO

WOUAAAH !
Hm
はっ
NON, ARRÊTE !! N'APPROCHE PAS !!
!
POC !
QUE J'ARRÊTE ? C'EST POURTANT TOI QUI POINTES TON ARME SUR MOI.
SI TU VEUX, TU PEUX APPUYER SUR LA DÉTENTE.
J'AI, MOI AUSSI, UN INSTRUMENT QUI PERMET DE TUER.
À PARTIR DU MOMENT OÙ NOUS POSSÉDONS CHACUN UNE ARME...

... NOUS SOMMES ÉGAUX.
BANG
BANG
ESPÈCE DE MONSTRE ...!!
SHKLING
KLANG

QUE ...?!
CEPENDANT, POUVOIR TIRER NE SUFFIT PAS.
JE PEUX VOIR CE QUE RESSENT TON ARME.
GULP
ALLEZ ! UN PEU DE NERF !
TU AS POURTANT UN SCCAGGS ENTRE LES MAINS. EST-CE LÀ TOUT CE QUE TU SAIS FAIRE ?
TON ARME EST EN TRAIN DE PLEURER !
SHKLANG

TA GUEULE !!
TON ARME NE PARVIENDRA PAS JUSQU'À MOI À CETTE DISTANCE !!
SACHE QUE MOI...
FWAASH
ZWOOSH
?!
SHRAAC
... JE NE FAIS PAS PLEURER MON ARME.

UN SCCAGGS ENTRE TES MAINS N'EST QUE PUR GASPILLAGE.
WOOSH

SHRAAP
SBOM
QUE FAIS-TU LÀ...?
QUE FAIT ICI L'ÉLITE DES NUMÉROS RENVERSÉS, CELUI QUE L'ON SURNOMME LE "COMMANDANT"...?!
LE NUMÉRO 2 RENVERSÉ...
... DARIO GALLIANO.

SALUT, ANDY.
OU PLUTÔT DEVRAIS-JE DIRE...
... "NUMÉRO 3 RENVERSÉ".
ES-TU VRAIMENT DIGNE DE POSSÉDER UN SCCAGGS ?

Chapitre 16 - Bourbier

Red Raven

PLOC! PLOC!
BOBOM!
BOBOM!
SALUT, ANDY.
ES-TU VRAIMENT...

LE NUMÉRO 2 RENVERSÉ…
DARIO GALLIANO.
QUE FAIT ICI L'ÉLITE DES NUMÉROS RENVERSÉS, CELUI QUE L'ON SURNOMME LE "COMMANDANT" …?!
FOP !
FOP !
ENFIN, BON…
… DIGNE DE POSSÉDER UN SCCAGGS ?

... TON ARME VA TOUT DE SUITE NOUS LE DIRE.
POC
カッ
POC
カッ
N'EST-CE PAS...
... CHER NUMÉRO 3 RENVERSÉ ?
FWOOSH
OUPS !
GNIP
JE NE SUIS PAS LE NUMÉRO 3 RENVERSÉ !

VOOP
C'EST INTÉRESSANT CE QUE TU DIS LÀ.
DANS CE CAS, QUI ES-TU DONC ?
!
JE SUIS LE RED RAVEN IV.

SHKLING
ギチ..
GNN
QU'EST-CE QUE C'EST QUE CETTE ARME ?
FWAP

KLANG
UNE PAUVRE GUILLOTINE ATTACHÉE À UNE CHAÎNE... C'EST D'UNE GROSSIÈRETÉ !
SHRUP
JE N'AI NUL BESOIN DE PLUS DE "FORCE".
STAP.
CETTE GUILLOTINE EST LE SYMBOLE DU CHÂTIMENT.
C'EST UNE ARME DE BOURREAU.
PEUT-ON VRAIMENT QUALIFIER D'ARME CETTE CHOSE ?

N'OUBLIE PAS LE SENS DE TON EXISTENCE.
TA VRAIE ARME, CE N'EST PAS CE BIBELOT.
NOUS EXISTONS UNIQUEMENT POUR LES ARMES.
"LES ARMES APPORTENT LIBERTÉ ET ÉGALITÉ".
NOUS SOMMES DES ÊTRES CONÇUS AFIN DE DÉPLOYER AU MAXIMUM...
... LA PUISSANCE DES ARMES QUI ONT ÉTÉ IMPLANTÉES DANS NOTRE CORPS.

SHKLANG
NOUS SOMMES...
... DES NUMÉROS RENVERSÉS !
CHAP
CHAP
FWOUP

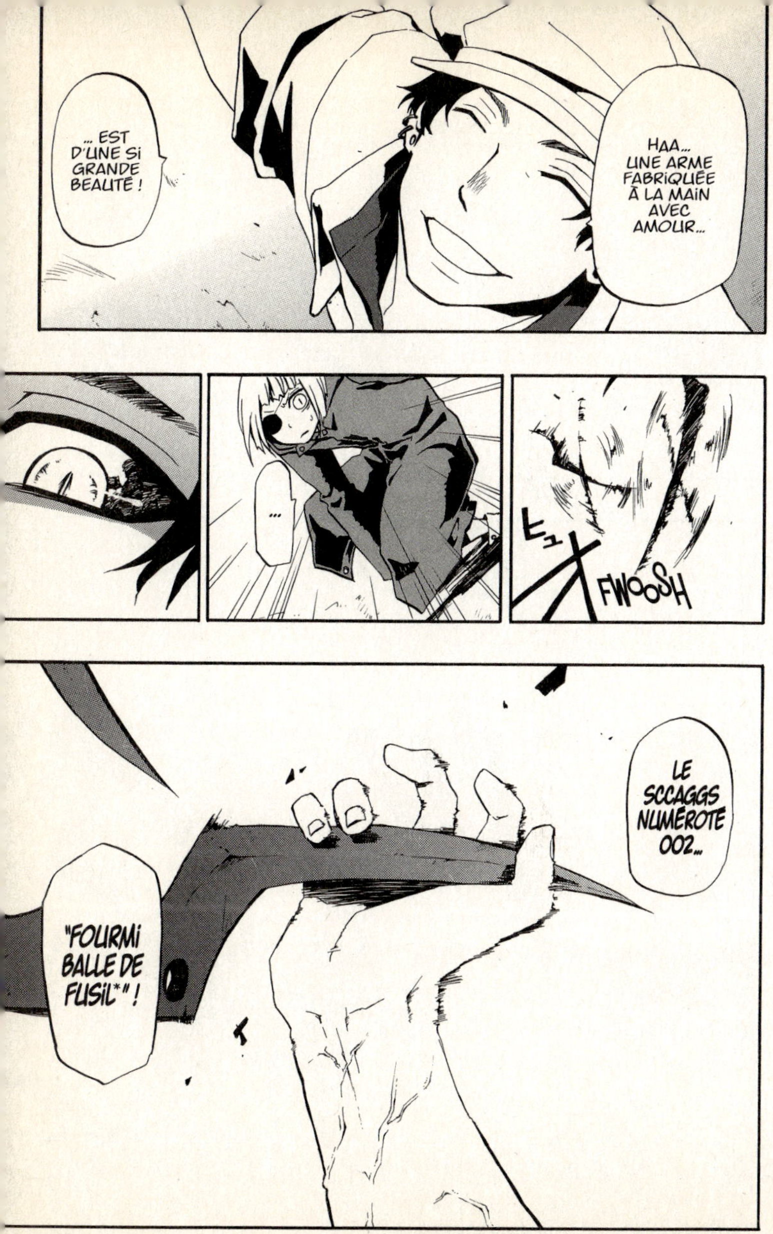

* NOM COURANT DE PARAPONERA CLAVATA, UNE ESPÈCE DE FOURMI DONT LA DOULEUR DE LA PIQÛRE EST SEMBLABLE À CELLE D'UNE BALLE DE FUSIL.

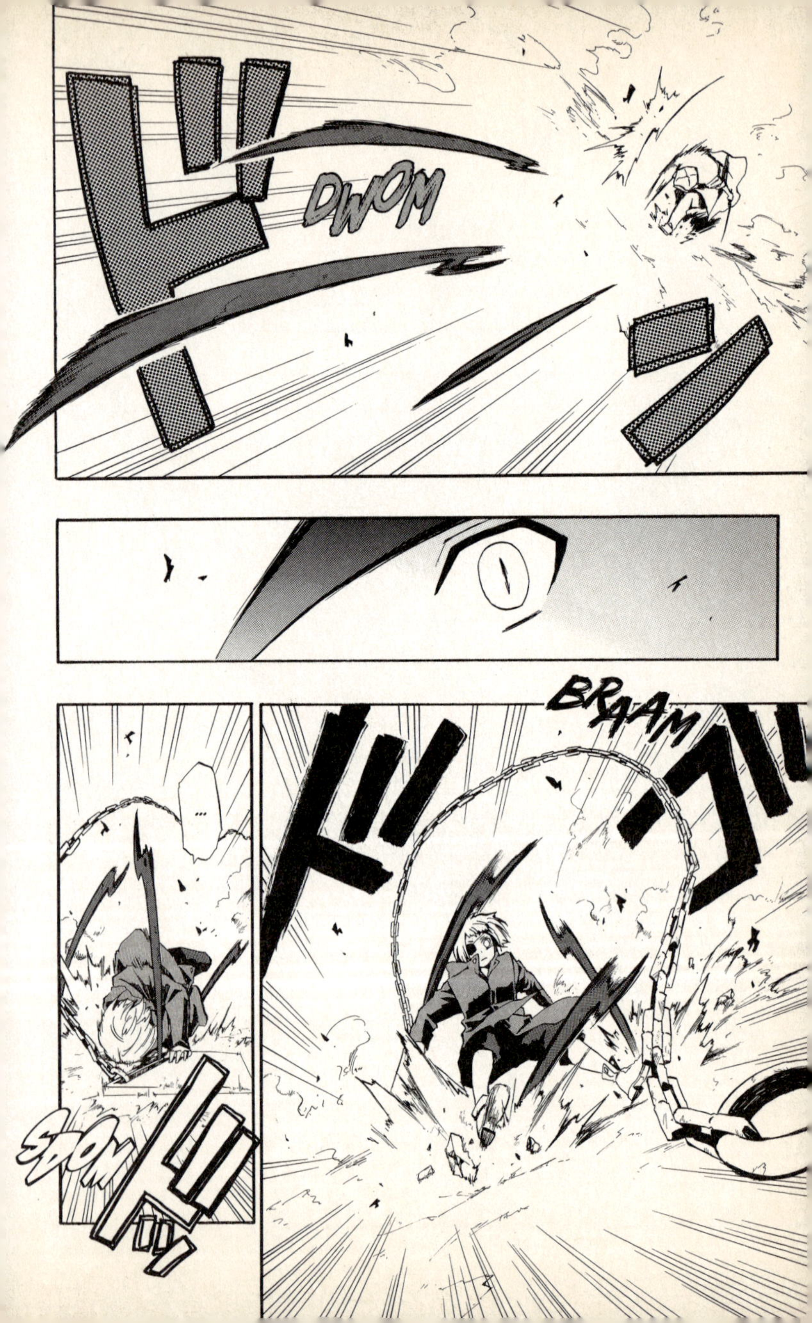
DWOM
BRAAM
...
SDOM

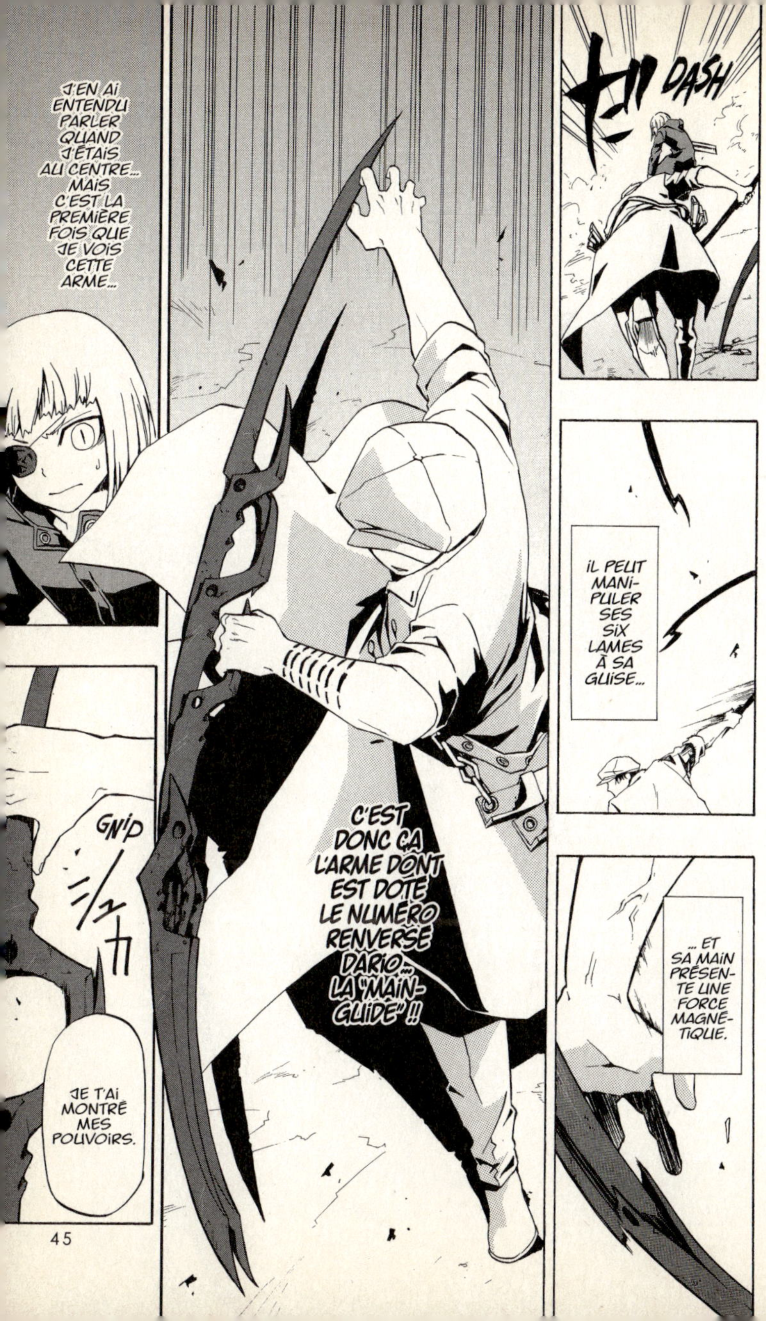
DASH
IL PEUT MANIPULER SES SIX LAMES À SA GUISE...
... ET SA MAIN PRÉSENTE UNE FORCE MAGNÉTIQUE.
C'EST DONC ÇA L'ARME DONT EST DOTÉ LE NUMÉRO RENVERSÉ DARIO... LA "MAIN-GUIDE" !!
J'EN AI ENTENDU PARLER QUAND J'ÉTAIS AU CENTRE... MAIS C'EST LA PREMIÈRE FOIS QUE JE VOIS CETTE ARME...
GNIP
JE T'AI MONTRÉ MES POUVOIRS.

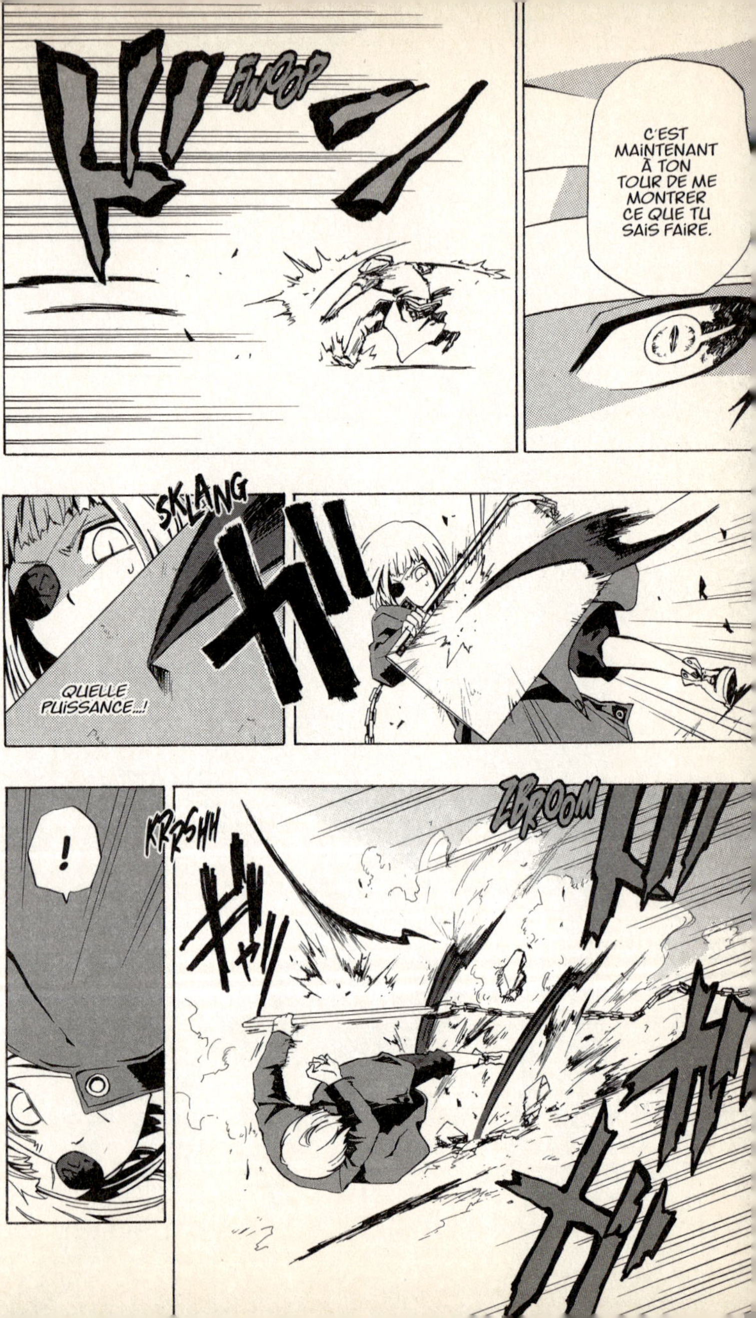
C'EST MAINTENANT À TON TOUR DE ME MONTRER CE QUE TU SAIS FAIRE.
FWOOP
SKLANG
QUELLE PUISSANCE...!
ZBROOM
KRRSHH
!

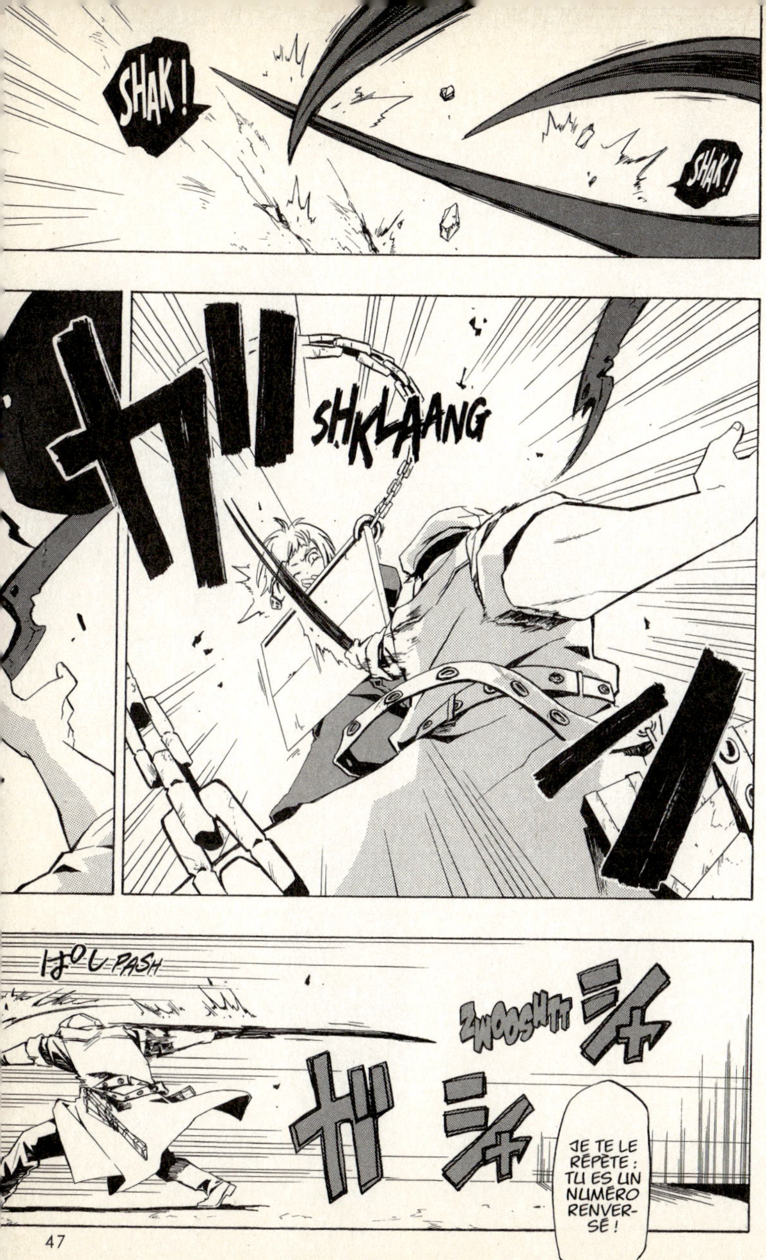
SHAK !
SHAK !
SHKLAANG
PASH
ZWOOSHTT
JE TE LE RÉPÈTE : TU ES UN NUMÉRO RENVERSÉ !

ET CONTRAI-REMENT À MOI, TU N'ES PAS UN PROTO-TYPE...
ALLEZ ! MONTRE-MOI TA PUISSANCE !
OU BIEN PEUT-ÊTRE N'ES-TU PAS ASSEZ COMPÉTENT POUR ÇA ?

LES POLICIERS N'ONT TOUJOURS PAS FAIT DE RAPPORT DE LA SITUATION ?!
NON, JE N'ARRIVE PAS À LES JOINDRE.
ALLONS, MONICA, CALMEZ-VOUS UN PEU. CHARLES VOUS A-T-IL CONTACTÉE ?
NON ! ON N'AURAIT PEUT-ÊTRE PAS DÛ LAISSER ANDY Y ALLER SEUL...
DIS-MOI, KATY, C'EST QUI CE DARIO DONT ILS PARLAIENT TOUT À L'HEURE ?
FROP
FROP
POURQUOI TU ME DEMANDES ÇA À MOI ?
BAH, PARCE QU'ILS ONT L'AIR OCCUPÉS.
MOI AUSSI, JE SUIS OCCUPÉE.

HM...
CRUP !
APRÈS TOUT, TU ES NOUVEAU ICI, FILIPPO... ÉCOUTE-MOI BIEN, JE VAIS T'EXPLIQUER.
PLAC PLAC
PLAC PLAC
IL Y A DIX ANS, AVANT QU'ANDY N'ARRIVE ICI, UN TYPE PORTANT UN NUMÉRO RENVERSÉ S'EST MONTRÉ.
C'ÉTAIT DARIO GALLIANO.
EN UNE NUIT, IL A MASSACRÉ UNE FAMILLE ENTIÈRE DE LA MAFIA DU NORD. CE TYPE A ÉTÉ FICHÉ SUR LISTE NOIRE COMME ÉTANT EXTRÊMEMENT DANGEREUX.
UNE RUMEUR A ÉGALEMENT COMMENCÉ À SE RÉPANDRE.
"LE FANTÔME D'UN SCCAGGS PORTANT DES BOUCLES D'OREILLES NOIRES ET UN NUMÉRO GRAVÉ SUR LE CORPS EST APPARU."
SCCAGGS No.200
SI TU VEUX PLUS DE DÉTAILS SUR L'AFFAIRE, T'AS QU'À LIRE CES ARTICLES DE JOURNAUX.
LA VACHE ! ÇA CRAINT, CETTE HISTOIRE !
FILIPPO ! DÉPÊCHE-TOI DE M'APPORTER LES DOCUMENTS !!
OUPS !!

MONSIEUR LE JUGE ! UN APPEL !!
VRAM
ENFIN ! C'EST PAS TROP TÔT !
GRRR
EUH, NON... C'EST WALTER !
QU'EST-CE QU'IL VEUT ENCORE ? C'EST PAS LE MOMENT !
JE CROYAIS QUE TU ÉTAIS EN TRAIN DE TE FAIRE SOIGNER ?
J'AI UN MAUVAIS PRESSENTIMENT ET JE VOULAIS VÉRIFIER... C'EST BIEN CE QUE JE PENSAIS : IL SEMBLERAIT QUE QUELQUE CHOSE D'ANORMAL SOIT EN TRAIN DE SE PASSER.
ANDY A DES PROBLÈMES, C'EST ÇA ?
JE NE TE SAVAIS PAS DE NATURE SI INQUIÈTE. OU BIEN PEUT-ÊTRE AS-TU DES POUVOIRS DE TÉLÉPATHIE ?

C'EST PAS LA GRANDE FORME, MAIS JE SUIS ENCORE EN ÉTAT DE SORTIR ANDY DE CE BOURBIER ET DE LE RAMENER.
SI VOUS N'AVEZ PERSONNE SOUS LA MAIN À ENVOYER EN RENFORT, ALORS FAITES-MOI INTER-VENIR.
IL EST RARE DE T'ENTENDRE PARLER SANS RONCHONNER, DIS DONC.
J'IMAGINE QUE TU TE FORCES À GARDER TON CALME.
POUR LE MOMENT, REPOSE-TOI ET SOIGNE TES BLES-SURES.
NE T'EN FAIS PAS.
ANDY EST ASSEZ FORT POUR SE PROTÉGER TOUT SEUL.
JE LE SAIS BIEN, CARLO...
MAIS, MALGRÉ SA FORCE...

... ANDY RESTE QUEL-QU'UN DE FRAGILE.
KRRSSS
SCCAGGS No 002
SHAK
JE N'AR-RIVE PAS À ME BATTRE NOR-MALE-MENT ...!!
SHAK
LA DISTANCE ENTRE LUI ET MOI EST TROP IRRÉGULIÈRE ...!!

TON VISAGE A CHANGÉ.
SHAK
SHAK
SHAK
À FORCE DE VIVRE DANS CE MONDE, TU T'ES RAMOLLI... C'EST BIEN TRISTE.
SHKLANG
CE N'EST PAS DE TA FAUTE SI TU ES DEVENU SI FAIBLE, MAIS DE CELLE DE CE MONDE.
QUE DIRAIS-TU DE REVENIR PARMI NOUS ?

AVEC UN GOUVERNEMENT IMPUISSANT À LA TÊTE DU PAYS...
... CE N'EST PAS ÉTONNANT QUE LES MÉCHANTS DE LA MAFIA GROUILLENT DANS LES RUES.
TOUS LES FONDEMENTS DE CETTE NATION SONT À REVOIR...
... MAIS NOMBREUX SONT LES IMBÉCILES QUI NE S'EN RENDENT MÊME PAS COMPTE.
LA STUPIDITÉ DE CE PAYS EST DÉCONCERTANTE.
SCCAGGS No.002
C'EST POURQUOI CE MONDE A BESOIN DES SCCAGGS.

TU CRITIQUES CE MONDE...
GNIP
... MAIS ON Y TROUVE DES GENS QUI ONT LE SOURIRE.
HEIN?
DES GENS QUI AFFRONTENT LA VIE...
... ET QUI AVANCENT EN REGARDANT DROIT DEVANT EUX.
LE DÉSESPOIR...
... PERMET DE TROUVER UN NOUVEL ESPOIR...
... ET DE CONTINUER À AVANCER.

"TU AS, TOI AUSSI, NOUÉ DES LIENS, ET JE T'AIDERAI À LES PROTÉGER."
GULP
MOI AUSSI...
... JE ME DIS QU'EN CONTINUANT À AVANCER, JE PARVIENDRAI À LA LUMIÈRE.
JE FOULE LE MÊME SOL QUE TOUS CES GENS, NOUS SOMMES TOUS ÉGAUX !
AUCUNE LIGNE NE NOUS SÉPARE !!

DANS CE CAS, LAISSE-MOI TRACER CETTE LIGNE.
TU TE TROMPES LOURDEMENT.
TU N'ES PAS UN HUMAIN ORDINAIRE.
TU DIS FOULER LE MÊME SOL QUE CES GENS ?
EH BIEN, FIGURE-TOI QUE NON.
TU MARCHES SUR UN SOL JONCHE DE CADAVRES.
FWOUP

KLANG
TU ES DE L'AUTRE CÔTÉ DE LA LIGNE.
TU AS ÉTÉ CHOISI POUR ÊTRE UNE ARME.
SHAM
SBAM
TU ES...
PLASH
... DIFFÉRENT DE TOUS CES GENS DONT TU PARLES.

TU ES LE
NUMÉRO 3
RENVERSÉ !
FWOOSH

WOOP
SKRRSHH
TU ES TROP LENT.

SHRAAC

BOBOM
BROUITCH !
UH
AH !
BIEN... JE PENSE QU'IL EST TEMPS...
... QUE JE RÉCUPÈRE...
SMILE
... L'OEIL BESTIAL.
JE NE PENSAIS PAS QUE TU TE SERAIS AFFAIBLI À CE POINT.
TE VOIR DANS CET ÉTAT EST PLUS AGAÇANT QU'AUTRE CHOSE.
BOBOM
HH...
BOBOM
HH...
BOBOM

HH...
HH...
KZUM
HH...
HH...

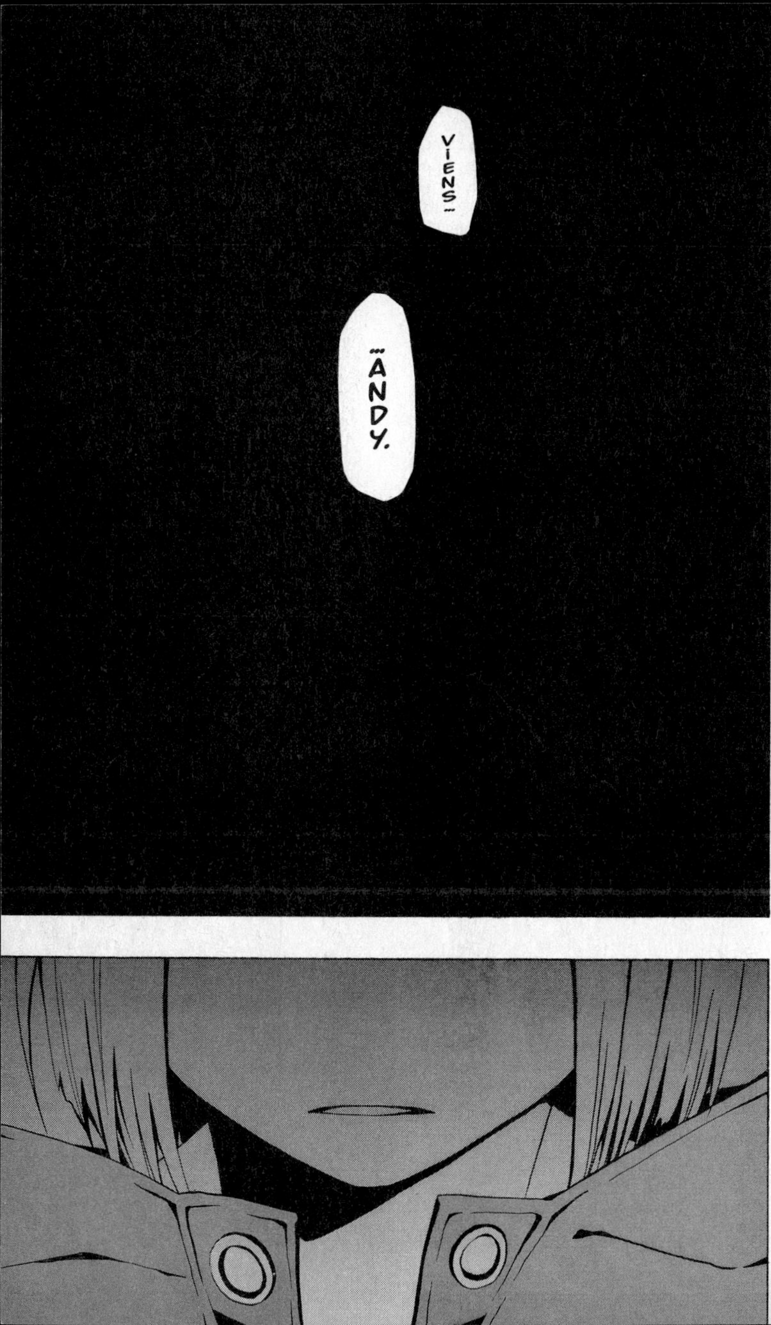
VIENS...
...ANDY.

IL N'EST TOUT À COUP PLUS LE MÊME...
GNIP
BROUITCH !
GATCH
SHRAAP
FWAP

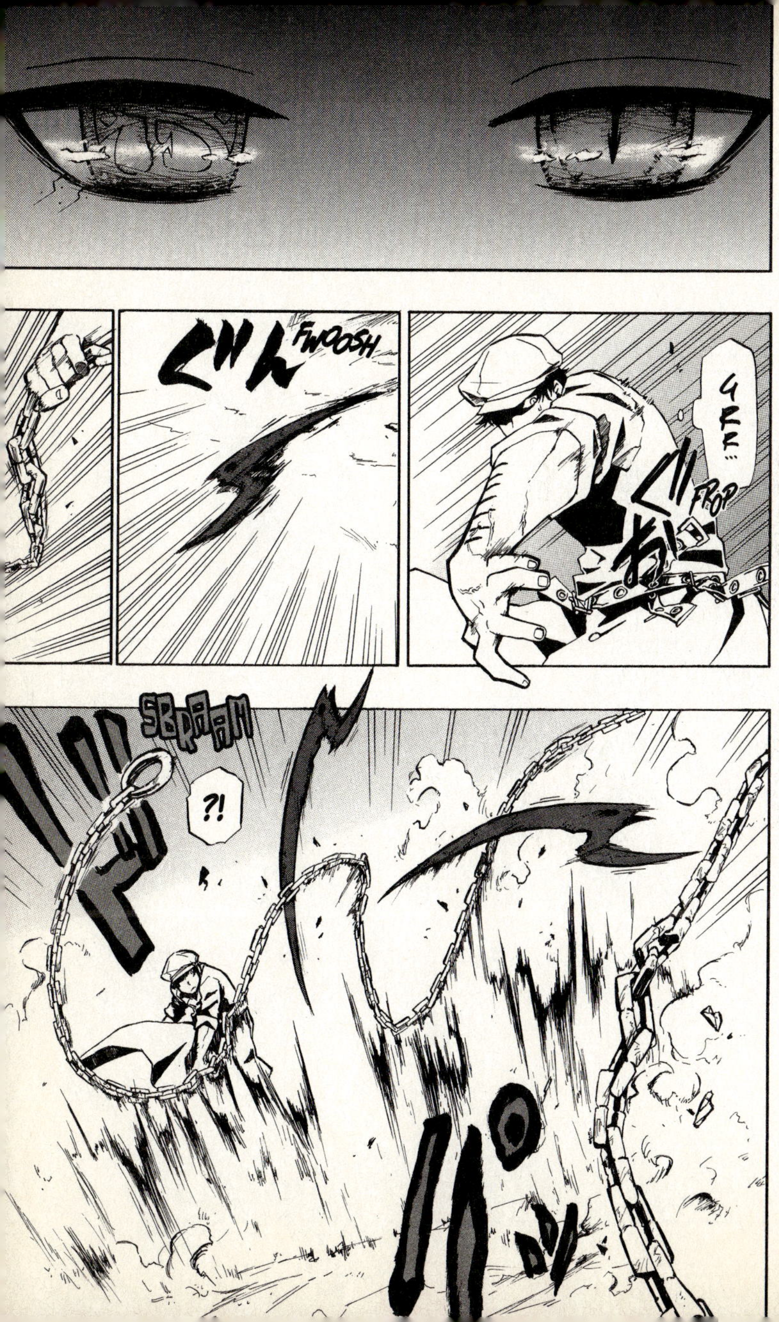
くいん
FWOOSH
GFF...
ぐい
FROP
おー
SBRAAM
?!
パッ

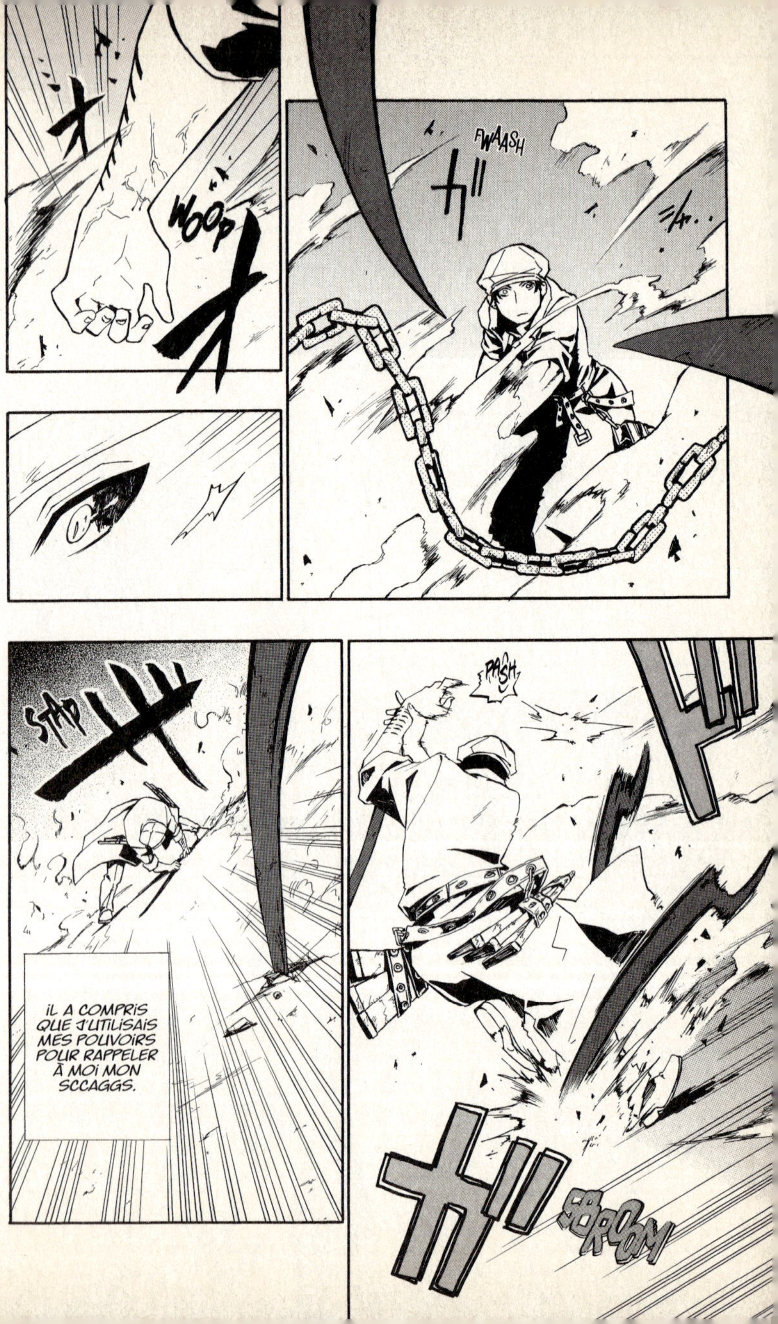
WOOP
FWAASH
STAD
iL A COMPRiS QUE J'UTiLiSAiS MES POUVOiRS POUR RAPPELER À MOi MON SCCAGGS.
PASH
SBROOM

ET IL A RIPOSTÉ SANS MÊME FAIRE UN SEUL PAS.
SHRUP !
EH BEN, TU VOIS, QUAND TU VEUX.
VOILÀ ENFIN LE REGARD QUE JE VOULAIS VOIR.
L'OEIL BESTIAL...
TU ES L'INCARNATION HUMAINE DE TON SCCAGGS.

WALTER
MARKIN

POURQUOI SUIS-JE ICI...?
KZIM
CETTE PUIS-SAN-CE...
AÏE !
J'AI MAL !

TU VEUX SAVOIR POURQUOI TU ES ICI ?
KZIM
C'EST PARCE QUE TON EXISTENCE N'A DE VALEUR QU'ICI.
CET ŒIL EST LA RAISON DE TON EXISTENCE.
VIENS, ANDY.

Chapitre 17 - Arme humaine

02.08.02
02.10.15
03.05.07
03.07.18
03.12.29
SHKLANG
KZIM
HA HA!

SHKLANG
TU FERAIS MIEUX DE NE PAS ME SOUS-ESTIMER.
STAP
JE VAIS TE MONTRER COMMENT ON UTILISE LE SCCAGGS "FOURMI BALLE DE FUSIL".
VOOP
!

CRAASH
JE ME SUIS ENCORE FAIT AVOIR...!!
IL DEVINE LE MOMENT OÙ J'UTILISE LE POUVOIR DE MA MAIN-GUIDE...
... POUR RAPPELER MON SCCAGGS À MOI...
... ET IL PROFITE DE CETTE FRACTION DE SECONDE...
... POUR TIRER PARTI DE MES POUVOIRS ET M'ATTAQUER !!

TRÈS IMPRESSIONNANT... VOILÀ DONC LA VÉRITABLE PUISSANCE DE L'OEIL BESTIAL.
ET CE N'EST PAS TOUT.
SHAK
NON SEULEMENT TON OEIL VOIT TOUT, MAIS, EN PLUS, TON CORPS RÉAGIT AU QUART DE TOUR.
SHAK
KSHANG
VOILÀ POURQUOI TON ARME S'EST PRISE D'AFFECTION POUR TOI.

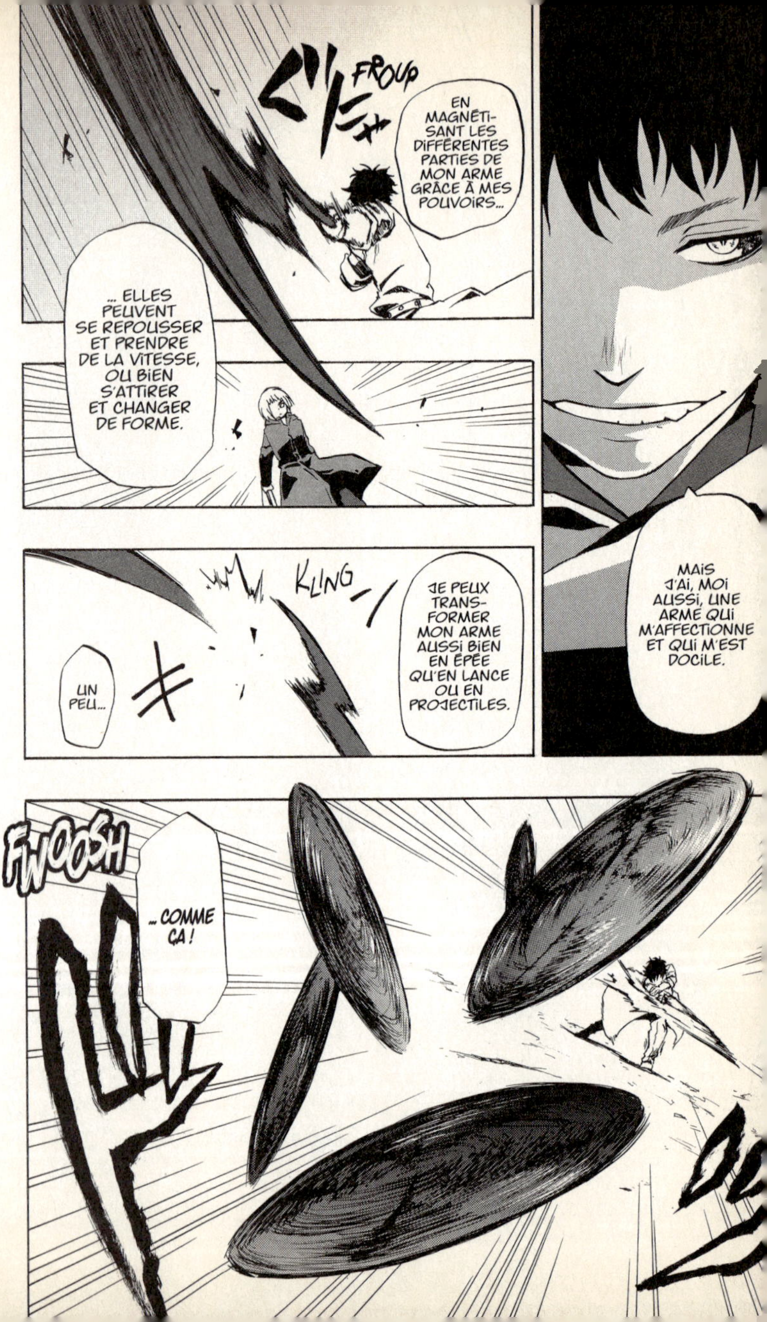
FROUP
EN MAGNÉTISANT LES DIFFÉRENTES PARTIES DE MON ARME GRÂCE À MES POUVOIRS...
... ELLES PEUVENT SE REPOUSSER ET PRENDRE DE LA VITESSE, OU BIEN S'ATTIRER ET CHANGER DE FORME.
MAIS J'AI, MOI AUSSI, UNE ARME QUI M'AFFECTIONNE ET QUI M'EST DOCILE.
KLING
JE PEUX TRANSFORMER MON ARME AUSSI BIEN EN ÉPÉE QU'EN LANCE OU EN PROJECTILES.
UN PEU...
FWOOSH
... COMME ÇA !

TU NE POURRAS RIEN FAIRE CONTRE CES LAMES QUI SE DÉPLACENT DANS TOUS LES SENS TELLES DES FOURMIS...!!
SHRAAK
SHAK
SHRAK
POMK
FINISSONS-EN !
SHKLANG
LE NUMÉRO 2 RENVERSE DARIO GALLIANO...
... ET L'ARME SCCAGGS "FOURMI BALLE DE FUSIL" NUMÉROTÉE 002...

... N'ONT PLUS AUCUN SECRET POUR MON OEIL...

SHKLING

IL A STOPPÉ MON ARME...
... ET IL L'A BRISÉE EN MORCEAUX !
C'EST LA PREMIÈRE FOIS QUE QUELQU'UN RÉUSSIT UN COUP PAREIL.
COMMENT A-T-IL FAIT ?
A-T-IL RALENTI MES PROJECTILES AVEC SA CHAÎNE ?
IL PEUT LES DÉVIER, MAIS IL NE PEUT PAS LES ATTRAPER.
C'EST...
HA...
... IMPOSSIBLE.
HAHAHAHAHAHA!
ははははは　は

PARFAIT !
TON OEIL BESTIAL EST IMPRESSIONNANT !!
IL EST TEMPS DE MONTRER LA VÉRITABLE APPARENCE DES ARMES SCCAGGS QUE NOUS SOMMES !!
SBAASH

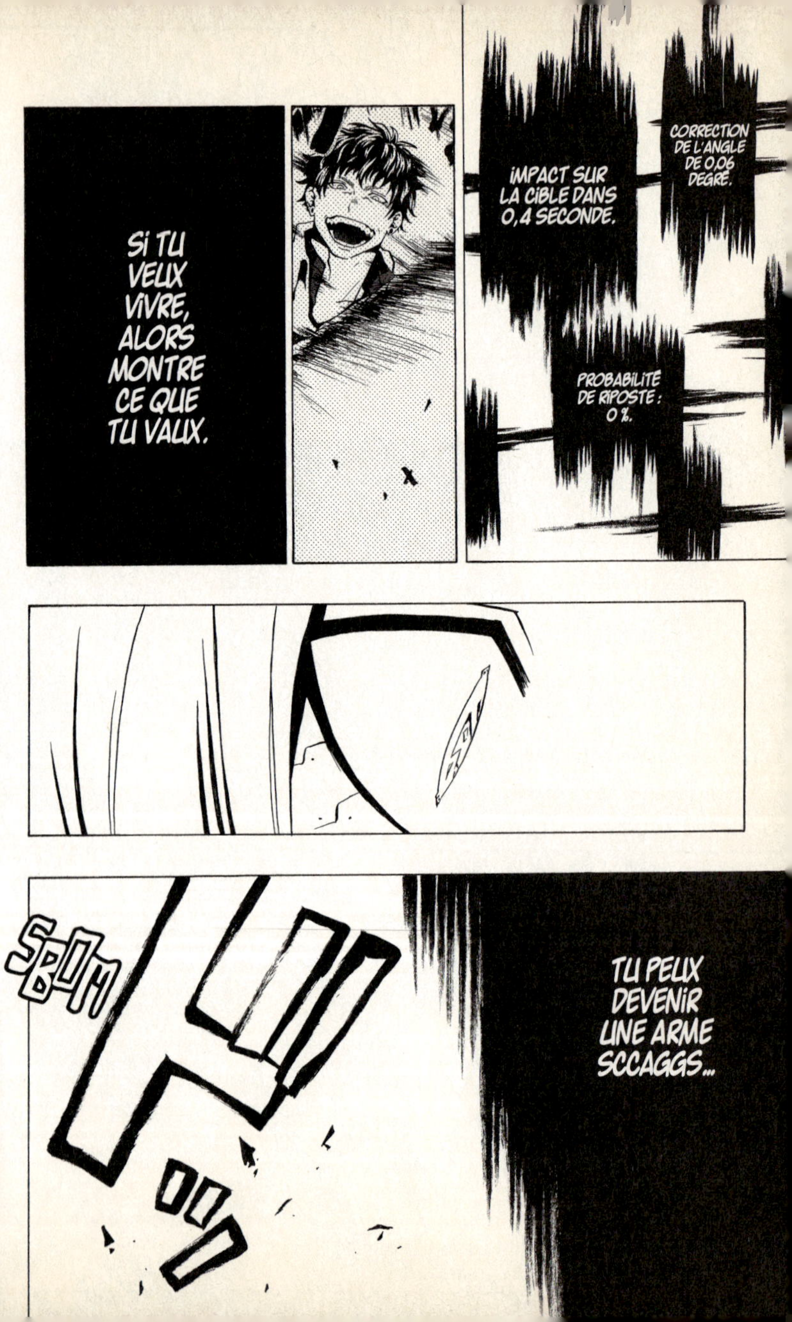
CORRECTION DE L'ANGLE DE 0,06 DEGRÉ.
iMPACT SUR LA CiBLE DANS 0,4 SECONDE.
PROBABiLiTÉ DE RiPOSTE : 0 %.
Si TU VEUX ViVRE, ALORS MONTRE CE QUE TU VAUX.
TU PEUX DEVENiR UNE ARME SCCAGGS...
SBOOM

SPLOC...
QU'EST-CE QUI T'ARRIVE ?
HH...
HH...

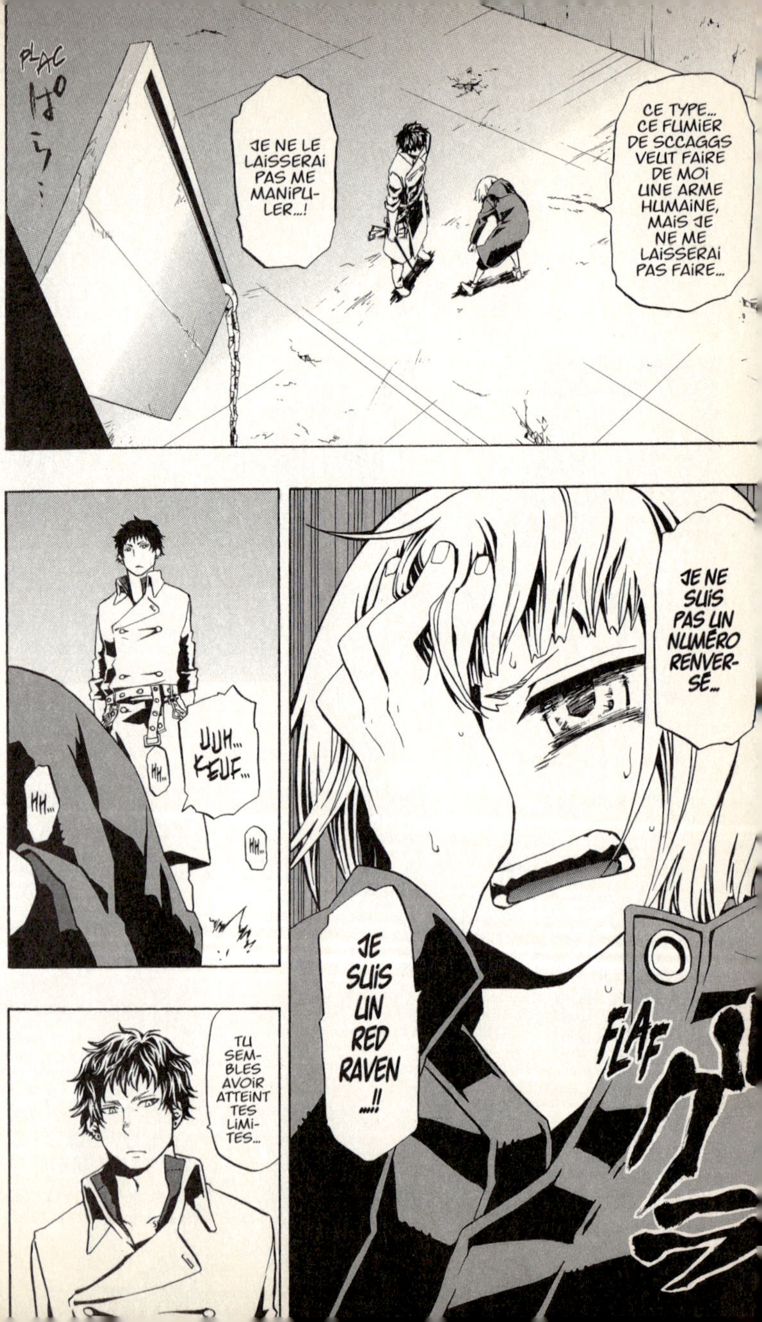
PLAC
ぱら…
CE TYPE... CE FUMIER DE SCCAGGS VEUT FAIRE DE MOI UNE ARME HUMAINE, MAIS JE NE ME LAISSERAI PAS FAIRE...
JE NE LE LAISSERAI PAS ME MANIPULER...!
JE NE SUIS PAS UN NUMÉRO RENVERSÉ...
JE SUIS UN RED RAVEN ...!!
FLAF
UUH... KEUF...
HH...
HH...
HH...
TU SEMBLES AVOIR ATTEINT TES LIMITES...

...
DIS-MOI, ANDY...
TU AIMERAIS RENCONTRER SIEGFRIED, PAS VRAI ?
SIEGFRIED SCCAGGS, LE CHEF DES SCCAGGS...
IL EST L'HOMME QUI NOUS A OUVERT UN CHEMIN DANS LA VIE...
... ET QUI NOUS A PERMIS D'AVANCER.
SCCAGGS
C'EST AUSSI LUI QUI A FAIT DE TON CORPS CE QU'IL EST AUJOURD'HUI.
ET C'EST POUR ÇA QUE TU VEUX TE VENGER DE LUI, N'EST-CE PAS ?

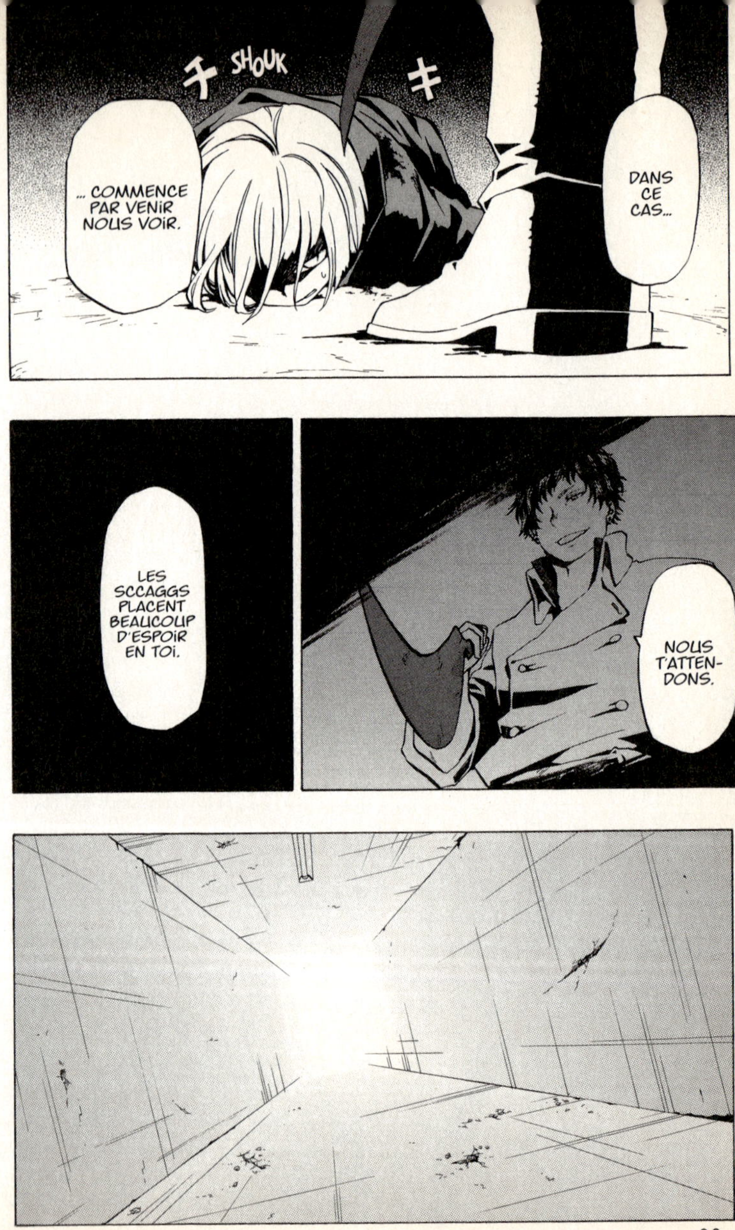
SHOUK
DANS CE CAS...
... COMMENCE PAR VENIR NOUS VOIR.
NOUS T'ATTEN-DONS.
LES SCCAGGS PLACENT BEAUCOUP D'ESPOIR EN TOI.

POC
ガッ
ON EST VENUS EN MOTO AUSSI VITE QU'ON A PU, MAIS...
... ON DIRAIT QUE C'EST DÉJÀ TERMINÉ.
GRR
ガッ
ET ZUT ! ON ARRIVE TROP TARD.
GNUP GNUP
ALLONS ! NE SOIS PAS DE MAUVAISE HUMEUR PARCE QUE TU VOULAIS FAIRE UN TOUR EN MOTO AVEC MOI PLUS LONGTEMPS. ♥

C'EST TOI QUI ES MONTÉE SUR MA MOTO.
Et arrête de me chatouiller avec ton doigt !!
GNUP GNUP !
C'EST LAURA QUI M'A POUSSÉE À TE SUIVRE.
MA SOEUR A PIQUÉ UNE COLÈRE PARCE QUE TU ÉTAIS EN TRAIN DE TE TOURNER LES POUCES !!
Remue-toi !
RESTONS SUR NOS GARDES ! ÇA M'ÉTONNERAIT QUE CE DARIO SOIT PARTI COMME ÇA SANS RIEN FAIRE.
OUI.
?
PEUT-ÊTRE A-T-IL LAISSÉ UN MESSAGE ?

GWOOOO

ÎL A DES PASSE-TEMPS DE TRÈS MAUVAIS GOÛT.
"TOUTE LA NOURRITURE SERA DISTRIBUÉE À LA FOULE INNOMBRA-BLE"...?

"LA FOULE INNOMBRABLE" ? QU'EST-CE QUE ÇA VEUT DIRE ?
JE PENSAIS QU'IL ÉTAIT MORT, MAIS ON DIRAIT QU'IL EST ENCORE EN VIE.
がしがし GREUH
ENCORE UN CORBEAU !
ON EN RAMASSE SOUVENT CES TEMPS-CI.

TABACCHI
ザワ
BLA BLA
HÉ ! REGARDE !
IL EXISTE PLUS DE DIX VARIÉTÉS DE BONBONS LEGOR...
LEGOR
PASTIGLIE LEGOR
... ET IL PARAIT QUE CEUX DANS LA BOITE MARRON SONT INFECTS.
WHAAM
でん
COMMENT QUELQU'UN PEUT-IL EN ACHETER AUTANT ...?!
LEGOR
U...
DÈS LE PREMIER BONBON, LA LANGUE DEVIENT TOUTE BIZARRE...
... ET, SI ON EN AVALE UN DEUXIÈME, ON DEVIENT CINGLÉ.
VOUS Y ALLEZ UN PEU FORT.

LES ENFANTS NE PEUVENT PAS COMPRENDRE CE GOÛT EXQUIS !
MON PÈRE DIT QUE CES BONBONS NE SONT PAS COMESTIBLES.
OUI.
VOILÀ UN BOUT DE TEMPS QUE JE N'EN AVAIS PLUS VENDU.
HA HA !
FROSH
FROSH
DIS-MOI, UN CLIENT UN PEU ÉTRANGE NE SERAIT-IL PAS VENU ICI AUJOURD'HUI ?
ON VIENT DE ME TÉLÉPHONER POUR ME DIRE QUE L'ON RECHERCHAIT CETTE PERSONNE.
FROUF
ÉTRANGE COMMENT ?
ZIEUTE
ZIEUTE
UN TYPE CURIEUX AVEC DES CHEVEUX BRUNS ET UNE PETITE BARBE...
ZIEUTE
HEIN ?

C'EST POURTANT TOI QUI DIS TOUJOURS DE NE PAS UTILISER LES LIGNES TÉLÉPHONIQUES ORDINAIRES, NON ?
DWOM
DWOM
OUI, JE LE SAIS BIEN !
MAIS TU N'ES JAMAIS JOIGNABLE QUAND J'AI BESOIN DE TOI !!
COMMENT AS-TU SU QUE J'ÉTAIS ICI ?
KRITCH
PARCE QUE LA PREMIÈRE CHOSE QUE TU FAIS QUAND TU ARRIVES DANS UNE VILLE, C'EST T'EMPRESSER D'ALLER ACHETER DES BONBONS !!
JE T'AI FAIT VENIR DEPUIS LE NORD...
... CAR J'AI UN BOULOT POUR TOI...
... JOSEPH CALVI.

LE TRAJET A ÉTÉ LONG. TU POURRAIS AU MOINS ME LAISSER UNE JOURNÉE DE REPOS.
JE N'ARRIVE PLUS À JOINDRE ANDY. JE VEUX QUE TU LE RETROUVES.
...
WALTER FAISAIT ÉQUIPE AVEC LUI, MAIS IL S'EST RETROUVÉ DANS UN SALE ÉTAT ET IL NE PEUT PLUS BOUGER.
LES NUMÉROS II ET IV... ÇA FAIT UN BAIL QUE JE NE LES AI PLUS VUS.
TON CORBEAU DE SURVEIL-LANCE EST-IL AVEC TOI ?
NON, DÉSOLÉ.
IL ÉTAIT TROP GROS ET ILS NE L'ONT PAS LAISSÉ MONTER DANS LE TRAIN.
Il m'abandonne !
TCHOUU
JE PENSE QU'IL DOIT ÊTRE EN CHEMIN. IL NE DEVRAIT PAS TARDER À ARRIVER.
Il va me rendre fou...
QUOI QU'IL EN SOIT, JE COMPTE SUR TOI.
TABACCHI
J'AIMERAIS, SI POSSIBLE, LIMITER LA CASSE.

ET C'EST POUR ÇA QUE J'AI FAIT APPEL AU VÉTÉRAN QUE TU ES...
... RED RAVEN III.
"VÉTÉRAN"... C'EST JUSTE QUE ÇA COMMENCE À FAIRE UN MOMENT QUE JE FAIS CE BOULOT...
TOUT CE QUI COMPTE POUR MOI...
... C'EST D'AC-COMPLIR MA MISSION.

GATCH
SBOOM
ドッ
KRRSHHH
ガリ
ガ
SKRRSHH
ガ
ザザ
PLOG
パラ…

SCRUTE
KAKLANK
QU'ES-TU DONC EN TRAIN DE REGARDER AVEC TON ŒIL BESTIAL ?
STAP
IL BOUGE BEAUCOUP PLUS VITE QUE TOUT À L'HEURE.
QUE VA-T-IL FAIRE ?

FWOP
QUE VOIS-TU DONC AVEC TON OEIL ?
!
SHKLANG
IL EST TRÈS RAPI-DE...!!

KLANG
KLANG
KLANK
ZWAASH
TSS...
!
FWOOSH

FLAP
C'EST
L'HEURE
D'ALLER
TRAVAILLER !

ELECTRIC
CHAIR

HH...
HH...
JE DOIS FUIR !
JE DOIS PARTIR D'ICI !
LE VOILÀ !!
NE LE LAISSEZ PAS S'ÉCHAPPER !!
OÙ ALLER ?
JE NE SAIS PAS.
JUSQU'OÙ M'ENFUIR ?
JE L'IGNORE, MAIS...
... EN RESTANT ICI, JE NE SERAI BIENTÔT PLUS UN ÊTRE HUMAIN...!!
SCCAGGS
No.E00
CLOP
CLOP
FLAF

ON DIRAIT QUE J'AI FAIT UNE BELLE TROUVAIL-LE.

Chapitre 18 - Vraie nature

LE GOUVERNEMENT A RÉVÉLÉ DE NOUVELLES INFORMATIONS CONCERNANT L'ATTAQUE DU COMMISSARIAT QUI A EU LIEU AVANT-HIER.
LES MEMBRES DU PERSONNEL AYANT ÉTÉ PRIS EN OTAGE SONT SAINS ET SAUFS...
... MAIS 18 POLICIERS ET 9 MALFAITEURS, SOIT UN TOTAL DE 27 PERSONNES, ONT TROUVÉ LA MORT DANS CET INCIDENT.
L'INDIVIDU QUI SEMBLE AVOIR COOPÉRÉ AVEC LES MALFAI-TEURS EST TOUJOURS EN FUITE.
CETTE AFFAIRE REMET EN CAUSE LE MAINTIEN DE LA SÉCURITÉ PUBLIQUE PAR LE GOUVER-NEMENT, PROBLÈME AUQUEL CELUI-CI EST CONFRONTÉ DEPUIS DE LONGUES ANNÉES.
TU AS ENTENDU LES INFOS ?
ENCORE UNE HUMI-LIATION POUR LA POLICE !

FAUDRAIT QUE LES FLICS FASSENT UN PEU MIEUX LEUR TRAVAIL.
À CAUSE D'EUX, ON A DE PLUS EN PLUS DE BOULOT.
...
DIS-MOI...
JE CROYAIS QUE TU ÉTAIS CENSÉ RETROUVER ANDY ! OÙ IL EST, BORDEL ?!
KRITCH
TOI AUSSI, TU FERAIS MIEUX DE TE REMUER LE DERRIÈRE ET DE BOSSER UN PEU, JOSEPH !!
ARRÊTE DE ME PARLER COMME SI JE N'EN FICHAIS PAS UNE !!
ET PUIS, JE TE PRIE D'EMPLOYER UN AUTRE TON. JE SUIS PLUS ÂGÉ ET PLUS EXPÉRIMENTÉ QUE TOI !!
...
TU T'ADRESSES À UN ADULTE ! ALORS, AIE UN PEU PLUS DE RESPECT, S'IL TE PLAIT !!
MOUAIS... PARDON, JE M'EXCUSE !!!

ÇA FAIT TOUT DE MÊME DEUX JOURS QUE CET INCIDENT A EU LIEU !
ET DEUX JOURS QU'ANDY A DISPARU !!
QU'EST-CE QUE TU FOUS ?
LES CACCINI ONT EMMENÉ ANDY !
SI ON ATTEND TROP, ILS VONT LE ZIGOUILLER...
SCCAGGS E00
ANDY EST UN SCCAGGS NUMÉROTÉ...
SCCAGGS No.E00
... ET LES CACCINI ONT UNE SAINTE HORREUR DES SCCAGGS !!
FROF FROF
もっさ もさ
CLAP かぱ
LEGOR

JE COMPRENDS TON INQUIÉTUDE, ET TOUT CE QUE JE PEUX TE DIRE...
... C'EST QUE, TANT QU'ANDY SE TIENDRA BIEN, ILS LUI EN FERONT PEUT-ÊTRE VOIR DE TOUTES LES COULEURS, MAIS ILS NE LE TUERONT PAS.
ILS LUI EN FERONT VOIR DE TOUTES LES COU-LEURS ...?
LE PROBLÈME, C'EST PLUS ANDY LUI-MÊME QUE LES CACCINI.
... MAIS ANDY A PERDU LE CONTRÔLE.
CARLO NE SEMBLE PAS TE L'AVOIR DIT...

...
SOUVIENS-TOI...
... DE CE QUI S'EST PASSÉ...
... QUAND IL S'EST ENFUI DE CHEZ LES SCCAGGS.
ON A EU BEAUCOUP DE MAL À LE CALMER.
C'EST MOI QUI L'AI TROUVÉ DANS LA RUE...
... ET, DEPUIS, TU AS TOUJOURS ÉTÉ AVEC LUI. TU SAIS DE QUOI JE PARLE.
APRÈS CE QUI VIENT DE SE PASSER, LE GOUVERNEMENT VA VOULOIR SÉRIEUSEMENT LE GARDER À L'OEIL.
C'EST UNE ÉVIDENCE.

TOUT SE DÉROULE CEPENDANT COMME PRÉVU.
FRUP ! FRUP !
LEGOR
JE SAIS BIEN QUE T'ES ENCORE QU'UN GAMIN, MAIS T'ES PAS DU GENRE À TE LAISSER TROUBLER POUR SI PEU, PAS VRAI ?
JE PENSE AVOIR TROUVÉ L'ENDROIT QUE VOUS CHERCHEZ.
PARFAIT. IL NE TE RESTE PLUS QU'À APPELER CARLO ET À LUI DIRE D'ARRÊTER DE TE CHAMBRER.
À plus !
MOUAIS...
KSHAC

PENSES-TU LE RETROUVER AUJOURD'HUI ?
FLAP
ばさ
ON A PU ENTRER EN CONTACT AVEC CHARLES QUI NOUS A DÉCRIT L'ENDROIT OÙ EST RETENU ANDY.
IL NE NOUS RESTE PLUS QU'À ÉCOUTER NOTRE INFORMATEUR.
FLAP
L'ENDROIT QUI RESSEMBLE LE PLUS À CELUI QUE VOUS M'AVEZ DÉCRIT SE TROUVE ICI.
IL Y A UNE VILLA UN PEU PLUS À L'OUEST DANS LA MONTAGNE.
LES PROPRIÉTAIRES N'Y VIENNENT QUE TRÈS RAREMENT, MAIS ELLE EST ASSEZ GRANDE POUR ACCUEILLIR UN GRAND NOMBRE DE PERSONNES.
DEPUIS DEUX JOURS, IL SEMBLE Y AVOIR DES ALLÉES ET VENUES.
JE PEUX VOUS DONNER LE NOMBRE EXACT DE PERSONNES, MAIS ÇA VOUS COÛTERA UN PEU PLUS CHER.
ÇA IRA. SAVOIR OÙ SE TROUVE CET ENDROIT ME SUFFIT.

JE VAIS JUSTE CHERCHER UN GAMIN.
NON... TU N'ES PAS ENCORE AU POINT...
IL TE MANQUE ENCORE UN PEU DE PRATIQUE.
CONTINUE À TOUT DÉTRUIRE, ENCORE ET ENCORE.
NE ME DÉÇOIS PAS. RÉPONDS À MES ATTENTES.

ガ
KAKLANG
ミャーン
HH...
HH...
HH...
VLAM
がばっ

BOBOM
OÙ SUIS-JE...?
BOBOM
KLANG
QUEL EST CET ENDROIT ?
BOBOM
BOBOM
KLANG !
...?!
CLAC
TU T'ES ENFIN RÉVEILLÉ...
À UN JOUR PRÈS, ON T'AURAIT ENTERRÉ DANS LA MONTAGNE.
POC

RICARDO CACCINI...!!
POURQUOI...?! QU'EST-CE QUE ÇA VEUT DIRE ?!
BOBOM
COMBIEN DE TEMPS S'EST ÉCOULÉ DEPUIS L'AFFAIRE DU COMMISSARIAT ?
ET DARIO... OÙ EST-IL PASSÉ ?
BOBOM
POURQUOI SUIS-JE ICI ?!
JE VAIS TOUT T'EXPLIQUER. DEUX JOURS SE SONT ÉCOULÉS DEPUIS L'INCIDENT DU COMMISSARIAT.
C'EST MOI QUI T'AI RAMENÉ ICI.
TU AS EU DE LA CHANCE...

DARIO GALLIANO, LE GARÇON AUX BOUCLES D'OREILLES NOIRES...
... T'A LAISSÉ LA VIE SAUVE.
D'HABITUDE, LES NUMÉROS RENVERSÉS...
... NE LAISSENT JAMAIS LEURS ADVERSAIRES EN VIE.
BIEN, MAINTENANT, C'EST À TON TOUR DE TOUT ME DIRE.
QU'EST-CE QU'IL Y A ENTRE CE TYPE ET TOI ?
BOBOM
POURQUOI DARIO T'A-T-IL ÉPARGNÉ ?
BOBOM

DOUCEMENT, RICARDO.
IL VIENT À PEINE DE SE RÉVEILLER. IL A BESOIN D'UN PEU DE TEMPS POUR REMETTRE DE L'ORDRE DANS SON ESPRIT.
J'AI PAS ENVIE D'ATTENDRE.
ÇA FAIT DÉJÀ DEUX JOURS QUE JE POIREAUTE.
Il est à cran...
RICARDO ! LE Q.G. EST AU TÉLÉPHONE !
J'ARRIVE... TOI, SURVEILLE LE GAMIN.
HEIN ?!
T'INQUIÈTE. IL EST BLESSÉ... ET IL N'A RIEN AVALÉ DEPUIS DEUX JOURS.
GARDE-LE JUSTE À L'ŒIL LE TEMPS QUE JE REVIENNE.
P-TAM
RICARDO EST TOUJOURS TRÈS OCCUPÉ...
VROLL

HE ! EST-CE QUE ÇA VA ?
BOBOM
HH...
HH...
BOBOM

COMMENT ? L'ŒIL BESTIAL S'EST ENFUI ?
BON SANG, QUE S'EST-IL PASSÉ ? JUSQU'À HIER, LES DONNÉES NE PRÉSENTAIENT POURTANT AUCUNE ANOMALIE !!
RETROUVEZ-LE !! MAIS ATTENTION À NE PAS ABÎMER SON ŒIL !! VISEZ LES JAMBES !!
QUE FAISAIT DARIO ?!

ENCORE UN PEU.
JE PEUX M'ENFUIR PAR ICI...!!
SCCAGGS No.200
"AU REVOIR."

JE CROIS QUE JE L'AI SOUS-ESTIMÉ.
SALE GOSSE ...!!
QUE FAISONS-NOUS ?
NOUS N'AVONS PU LUI SOUTIRER AUCUNE NOUVELLE INFORMATION...
... CONCERNANT DARIO...

"UNE FOULE INNOMBRABLE"...
HEIN ?
NON, RIEN...
HM...
DIS AUX TYPES QUI SONT À SA POURSUITE...
... QUE JE VEUX QU'ILS ME LE RAMÈNENT...
... MORT OU VIF.
LE CHEF RISQUE DE FAIRE LA GRIMACE SI ON LUI RAMÈNE LE CADAVRE D'UN CORBEAU.

Si DARIO A LAISSÉ CE GAMIN EN ViE...
... iL DOiT SÛREMENT AVOIR UNE BONNE RAiSON.
DONC, MÊME, Si ON N'OBTiENT AUCUNE iNFORMATiON DE CE GOSSE...
... EN LE TUANT, NOUS FERONS AVORTER LES PLANS DE DARiO.
VROOO
VROOO
C'EST BON, ON N'EST PAS SUiViS.

ON A ENFIN RÉUSSI À PASSER AU TRAVERS DES MAILLES DU FILET TENDU PAR LA POLICE ET À SORTIR DE LA VILLE.
PEUT-ÊTRE, MAIS QU'EST-CE QU'ON FAIT, MAINTENANT ?
JE L'AVAIS DIT QUE C'ÉTAIT PAS UNE BONNE IDÉE DE TOUCHER AUX SCCAGGS !!
ON A PERDU PRESQUE TOUS NOS CAMARADES IL Y A DEUX JOURS, DANS CE FOUTU COMMISSARIAT !
DARIO, CE TYPE QUI PORTE UN NUMÉRO RENVERSÉ, N'EST PAS HUMAIN !
MOUAIS, IL AVAIT PLUTÔT L'AIR SURHUMAIN.
ET CE GAMIN DES RED RAVEN AUSSI.
ON AURAIT DIT UN MONSTRE...
PRIONS POUR NE PLUS JAMAIS TOMBER SUR LUI...

HA!
KBAM
C'EST PAS VRAI !
VROOOSH
LE RED RAVEN...
IL EST ENCORE EN VIE...!!
FLAF

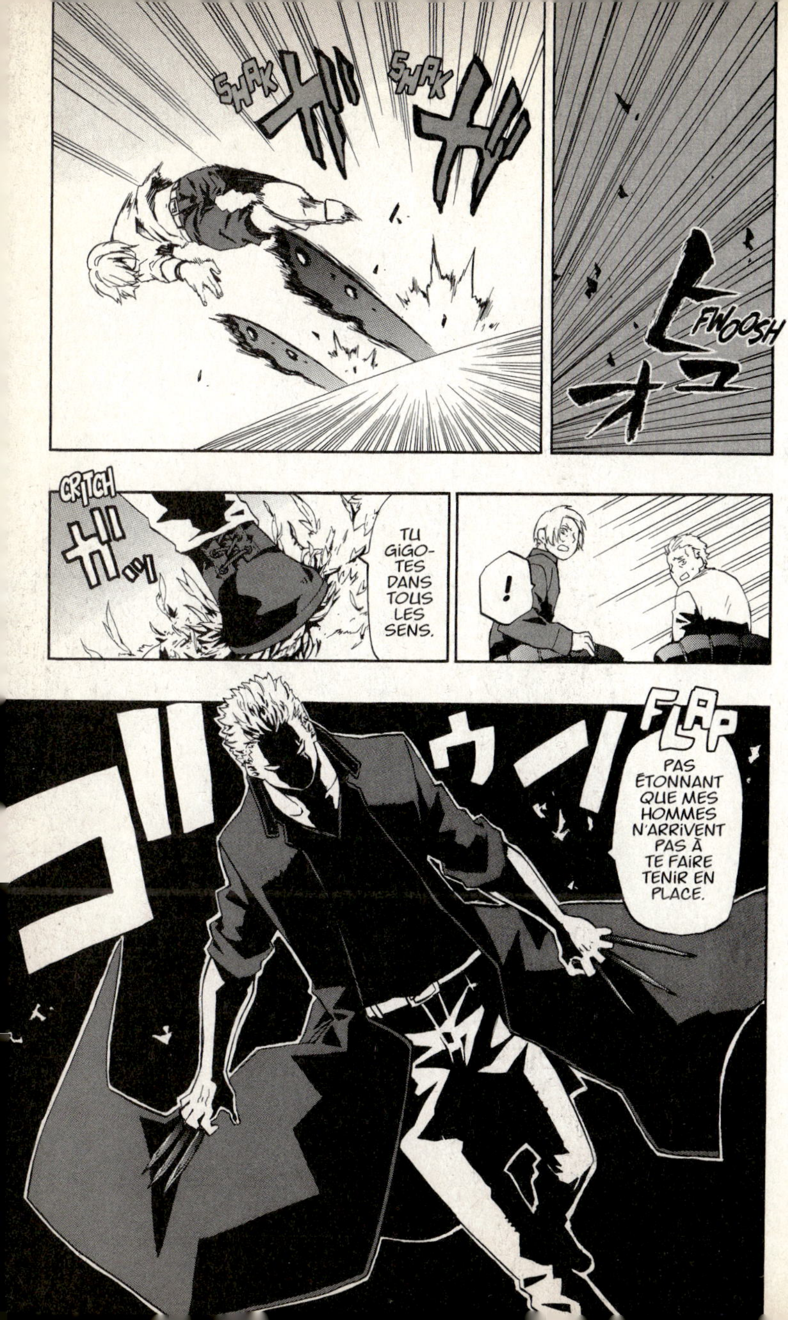
FWOOSH
SHAK
SHAK
!
CRITCH
TU GIGOTES DANS TOUS LES SENS.
FLAP
PAS ÉTONNANT QUE MES HOMMES N'ARRIVENT PAS À TE FAIRE TENIR EN PLACE.

!!
AGAGAH!!
CE... CE TYPE...
CETTE CICATRICE SUR LE VISAGE... CES COUTEAUX...
C'EST ...
SCHLING
"L'HÉRITIER...
... DEVENU UN CHIEN ENRAGÉ."
"LE FRÈRE DE L'IMPÉRATRICE FANTÔME."
LE CHIEN NOIR DES CACCINI...
... RICARDO CACCINI !!

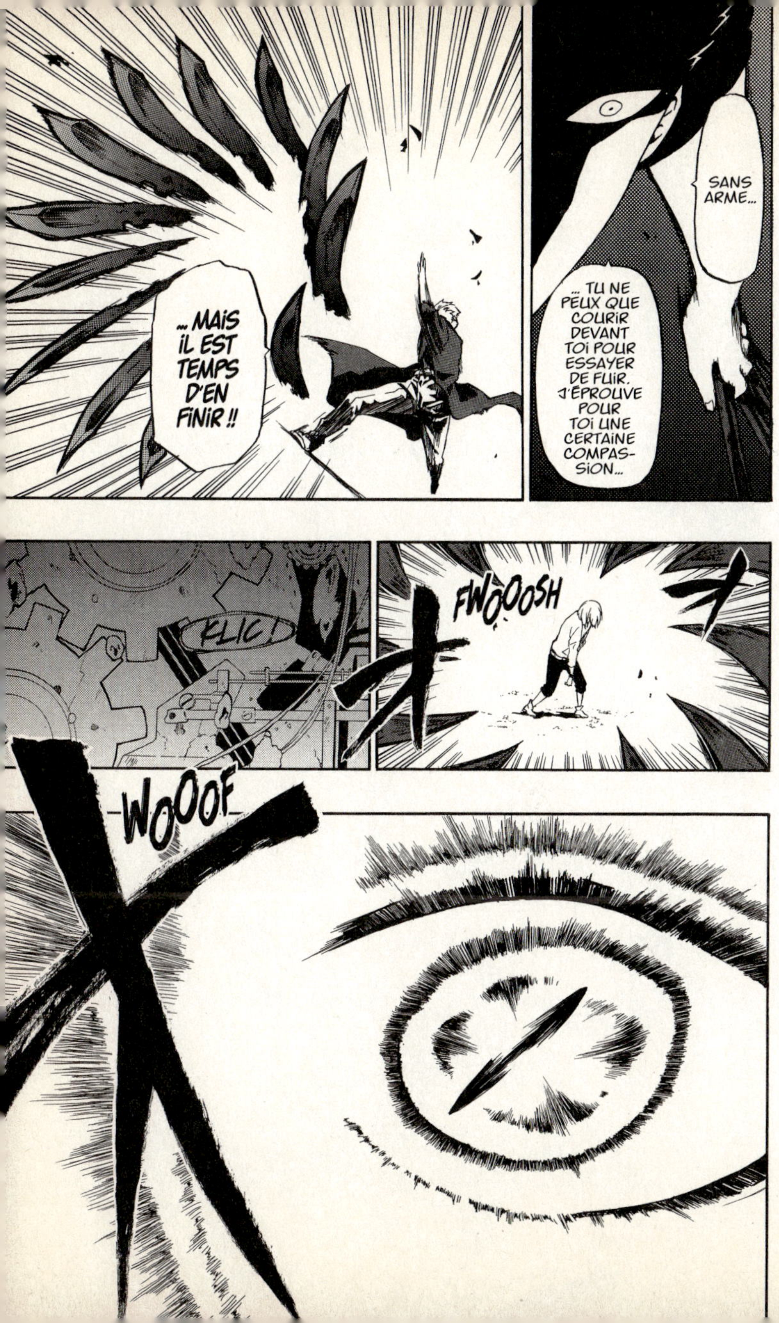
SANS ARME...
... TU NE PEUX QUE COURIR DEVANT TOI POUR ESSAYER DE FUIR. J'ÉPROUVE POUR TOI UNE CERTAINE COMPAS-SION...
... MAIS IL EST TEMPS D'EN FINIR !!
FWOOOSH
KLIC
WOOOF

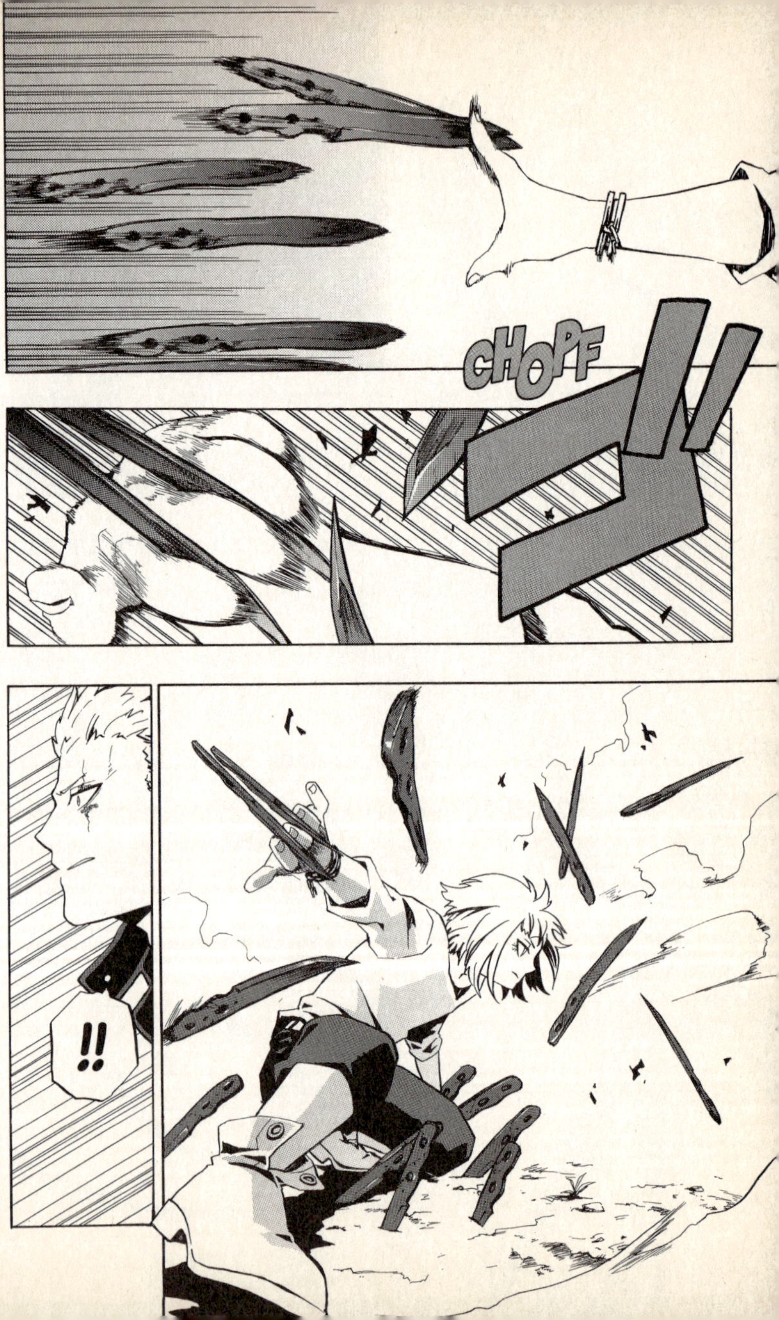
CHOPF
!!

DISTANCE : 10 MÈTRES.
COMMUTATION DU SYSTÈME NERVEUX EFFECTUÉE À 80 %.
16 COUTEAUX REPÉRÉS. IMPACT SUR LE SOL DANS 0,7 SECONDE.
SHRAAP
IL A ARRÊTÉ MES COUTEAUX !!
VOOOP

QU'EST-CE QUE ÇA VEUT DIRE ?!
SHKLING
IL EST CERTES RAPIDE...
... MAIS IL EST IMPENSABLE QU'IL PUISSE RÉAGIR À TEMPS POUR ESQUIVER.
FWAP
FWOUP
SERAIT-IL CAPABLE DE PRÉVOIR ...
... MES MOUVEMENTS ...
... AINSI QUE LA TRAJECTOIRE ...
... DE MES LAMES ?
EST-CE LÀ LE POUVOIR DE SON "ŒIL BESTIAL" ?

SBOM
QUI ES-TU AU JUSTE ?
TON ŒIL NE TE SERT PAS SEULEMENT À VOIR.

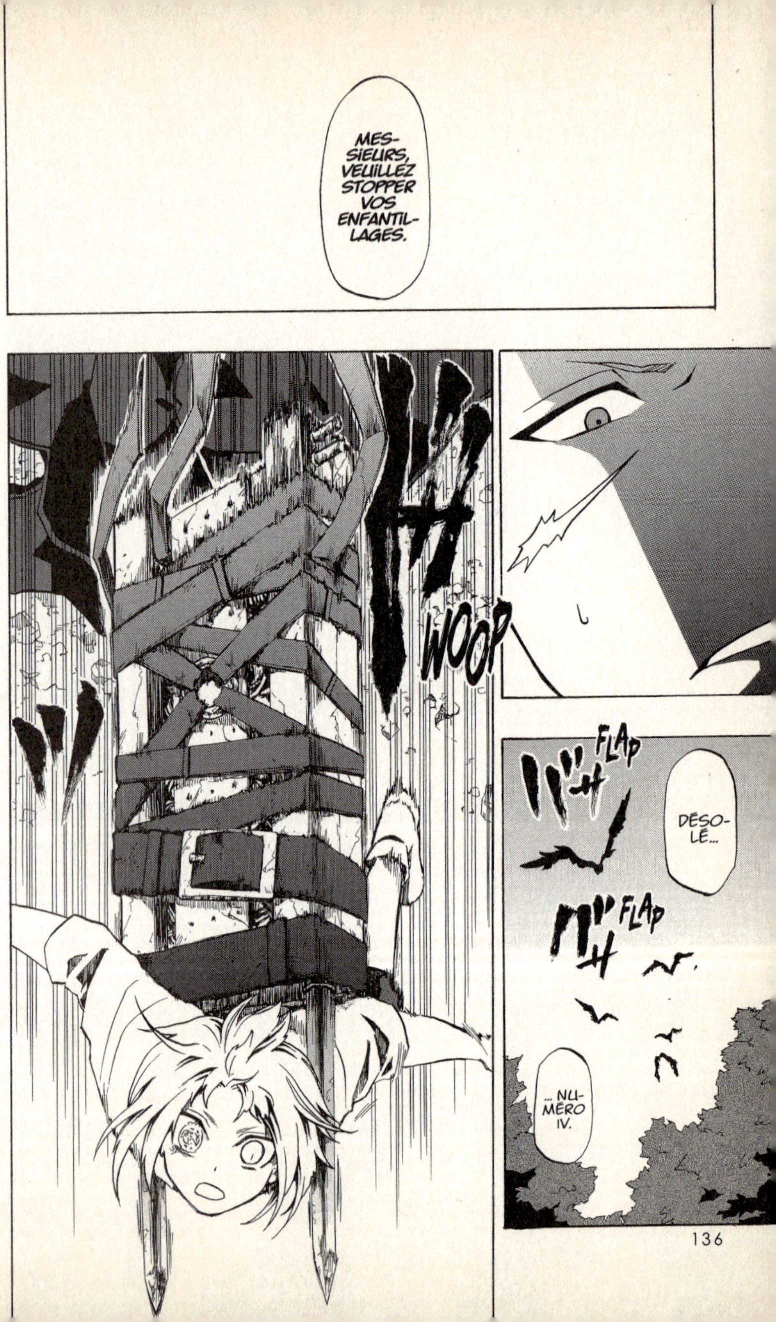

MESSIEURS, VEUILLEZ STOPPER VOS ENFANTILLAGES.
FLAP
DÉSOLÉ...
FLAP
... NUMÉRO IV.
WOOP

BRRZ!
SHKLANG
ガ!!シャン
JE T'AI TOUT DE SUITE RECONNU...
DE L'ÉLECTRICITÉ...

COMMENT ? TU ME CONNAIS DÉJÀ ?
IL FAUDRAIT VRAIMENT ÊTRE TOMBÉ DE LA DERNIÈRE PLUIE POUR NE PAS CONNAITRE UN VIEUX DE LA VIEILLE COMME TOI.
RED RAVEN III, "LA CHAISE ÉLECTRIQUE".
AU MOINS, ÇA M'ÉVITE D'AVOIR À ME PRÉSENTER.

ES-TU VENU POUR EXHIBER DEVANT MOI UNE DISPUTE ENTRE RED RAVEN ?
JE SUIS SIMPLEMENT VENU CHERCHER CE GAMIN.
Oh hisse !
CE N'EST PAS UNE DÉCHARGE ÉLECTRIQUE QUI LE TUERA.
EST-CE QU'IL ...?
GULP
STOP ! JE NE RÉPONDS PAS AUX QUESTIONS !
FWUP !
TU AS DÉJÀ TROP D'INFORMATIONS.
Désolé !
...
JE N'AI PAS ENVIE...
... DE DEVOIR FAIRE UN BOULOT QUI N'EST PAS MENTIONNÉ SUR UN AVIS DE JUGEMENT.

DIS-MOI JUSTE UNE CHOSE.
QU'EST-CE QUE LES SCCAGGS ATTENDAIENT DE LUI ?
OU PLUTÔT QU'ATTENDENT-ILS AUJOURD'HUI ENCORE DE LUI ?
ÇA...
... ON AIMERAIT BIEN LE SAVOIR, NOUS AUSSI.
MAIS, MÊME SI ON LE SAVAIT...
... ON NE LE DIRAIT À PERSONNE.

QU'EST-CE QU'IL FAISAIT LÀ, CE TYPE ?!
ON N'A VRAIMENT PAS DE BOL !!
JE ME DISAIS BIEN QU'IL Y AVAIT QUELQUE CHOSE QUI CLOCHAIT. ON S'EST EMPARÉS DE CES ARMES SCCAGGS TROP FACILEMENT...
MOUAIS... TU AS RAISON...
HM ?
GROM
QUE FONT CES DEUX SCCAGGS AU NUMÉRO RENVERSÉ DANS UN ENDROIT AUSSI PAUMÉ ?
GROM
NON SEULEMENT L'UN D'ENTRE EUX EST UN MONSTRE...
... MAIS, EN PLUS, UN CHIEN NOIR DES CACCINI S'EST AUSSI MONTRÉ !!
ILS SE SONT SERVIS DE NOUS...
... COMME APPÂTS POUR ATTIRER LE GAMIN !!
?!
ÇA NE FAIT AUCUN DOUTE... LES SCCAGGS VEULENT UTILISER CE GOSSE.
ILS MANIGANCENT QUELQUE CHOSE.

OUI, ET CE MONSTRE EST AUSSI UN RED RAVEN.
UN GAMIN AUSSI ÉTRANGE AURAIT NORMALEMENT DÛ ÊTRE JETÉ AU TROU DEPUIS LONGTEMPS !!
LE GOUVERNEMENT MIJOTE AUSSI QUELQUE CHOSE...
ASSEZ BAVARDE COMME ÇA !
QU...?!
WOUAAH !
DASH
FROOOP

SBAM
HI-BOMK
MOI NON PLUS, JE NE CONNAIS PAS LES DÉTAILS SUR CE QUI EST EN TRAIN DE SE TRAMER.
FRUP
SBOMK
HUNG..!!

MAIS, POUR LE MOMENT, PERSONNE N'A BESOIN DE SAVOIR.
C'EST UNE HISTOIRE D'ADULTES.
ET PUIS, POUR L'HEURE, MA PRIORITÉ EST AILLEURS...
DRRRZ
... CAR UN AVIS DE JUGEMENT A ÉTÉ ÉMIS CONTRE VOUS.

RZZZ
Chapitre 19
Différent
IL DORT À POINGS FERMÉS.
OUI, IL EST FATIGUÉ.
À LE VOIR ROUPILLER COMME ÇA, IL EST DIFFICILE DE CROIRE QU'IL A AFFRONTÉ UN CACCINI.
LE RAMENER ICI N'A PAS ÉTÉ DE TOUT REPOS.
チッ チッチッチッ
TIC TAC TIC TAC
RZZZ すや
すや
チッ チッチッチッ
TIC TAC TIC TAC
RZZZ すや
すや
RAAH ! JE COMMENCE À EN AVOIR ASSEZ !

HM ?!
ÇA FAIT DEUX JOURS QU'IL DORT COMME UN SABOT.
FROF
ゴッ
IL EST TEMPS DE LE RÉVEILLER.
LEGOR
FRUP
ちら
GLUP
ひぃ
CETTE SAVEUR QUI SE RÉPAND DANS LA BOUCHE VA LE TIRER DE SON SOMMEIL EN MOINS DE DEUX.
すや すや
RZZZ
QU'EST-CE QUE TU FAIS ? ARRÊTE !!
BEN QUOI ?!
SI ANDY AVALE ÇA, IL VA MOURIR !!
AU CONTRAIRE, IL VA SE RÉVEILLER AVEC UNE SENSATION DE BONHEUR !!
Ces bonbons sont succulents !!
HNG...
TOUT LE MONDE NE PARTAGE PAS TES GOÛTS !! IL SERAIT TEMPS QUE TU T'EN RENDES COMPTE !!
C'EST QUOI, CE BOUCAN...?
GLOUP
むぐ
LEGOR

ÇA Y EST ! IL S'EST RÉVEILLÉ !
ANDY ?
Andy ! Tiens bon !!
QU'EST-CE QUE TU FAIS LÀ, JOSEPH ?
J'ai cru que j'allais mourir !
TU NE TE RAPPELLES PAS CE QUI S'EST PASSÉ IL Y A DEUX JOURS ?
IL Y A DEUX JOURS ...?
KZIM
TU T'ES DÉCHAÎNÉ CHEZ LES CACCINI.
HEIN ?
TU AS ENCORE PERDU TON CONTRÔLE.
...

ÇA ME RE-VIENT...
GNUP
MON OEIL S'EST ENCORE ACTIVÉ...
FŪP
MERCI DE T'ÊTRE OCCUPÉ DE MOI.
DE RIEN ! JE COMMENCE À AVOIR L'HABITUDE DEPUIS LE TEMPS QUE JE TE CONNAIS.
TU T'EN VAS ?
CLIC
Maintenant que tu es réveillé, je peux te laisser.
J'AI DU BOULOT QUI M'ATTEND.
LE Q.G. A DU NOUVEAU SUR LES SCCAGGS.

DEPUIS QUE CES TYPES SONT PASSÉS À L'ACTION, LES INFORMATIONS AFFLUENT.
RÉSULTAT, LA PROVENANCE D'UNE PARTIE DE LEURS ARMES SEMBLE AVOIR ÉTÉ DÉCOUVERTE.
!!
POUR L'INSTANT, CE NE SONT ENCORE QUE DES INFORMATIONS À PRENDRE AVEC DES PINCETTES...
... MAIS UNE ENQUÊTE A ÉTÉ OUVERTE...
... ET, SI CES INFOS SONT VÉRIFIÉES, DES AVIS DE JUGEMENT CIRCULERONT.
JE VIENS AVEC TOI.
NON, PAS LA PEINE...
SI C'EST UNE AFFAIRE DE SCCAGGS, ALORS LAISSE-MOI VENIR !

C'EST MOI QUI FERAI LA PEAU À CES TYPES.
FWOOOO
C'EST LA PREMIÈRE FOIS QUE JE VIENS DANS CETTE VILLE. JE LA CROYAIS PLUS GRANDE QUE ÇA.

JOSEPH, OÙ EST TON CORBEAU ?
SANSON ?
IL EST LÀ-HAUT, EN TRAIN DE FAIRE LE GUET.
ÇA, JE LE SAIS... CE QUE J'AIMERAIS SAVOIR...
... C'EST POURQUOI TU AS MON CORBEAU DANS LES BRAS ET PAS LE TIEN.
CELUI-LÀ EST PLUS PETIT ET TRÈS DOUX AU TOUCHER.
わっしゃ
FROTT
FROTT
わっしゃ
QUAND VAS-TU ME LÂCHER ?
LA FERME ! RESTE TRANQUILLE.
UNE CHANSON ?

QU'EST-CE QUI SE PASSE ? ON DIRAIT QU'IL Y A UN MARCHÉ ?
VOUS NE SEMBLEZ PAS ÊTRE DE LA VILLE.
ÊTES-VOUS DES VOYAGEURS ?
EUH... OUI, EN QUELQUE SORTE.
QUE FONT TOUS CES GENS DEVANT CETTE ÉGLISE ?
ILS VIENNENT ÉCHANGER DES OBJETS EN MÉTAL CONTRE DE LA NOURRITURE.

AVEC LES PROBLÈMES DE DISTRIBUTION DES MARCHANDISES QUE NOUS CONNAISSONS DEPUIS PEU, LES TEMPS SONT DURS. CES ÉCHANGES LES AIDENT À TENIR LE COUP...
ET PUIS, IL FAUT DIRE QUE CETTE VILLE N'A JAMAIS ÉTÉ TRÈS PROSPÈRE.
AH ! PARDONNEZ-MOI. JE SUIS DÉSOLÉE DE VOUS ENNUYER AVEC CES HISTOIRES ALORS QUE VOUS VENEZ À PEINE D'ARRIVER...
Y A PAS DE SOUCI.
AU FAIT, AVEZ-VOUS UN ENDROIT OÙ DORMIR ?
SI VOUS VOULEZ, JE PEUX VOUS LOUER UNE CHAMBRE.
VOUS ACCEPTEZ LES ANIMAUX DE COMPAGNIE ?
JE NE SUIS PAS UN ANIMAL DE COMPA...
HMPFF
...
SOEUR LOBELIA, LES TRANSPORTEURS VOUS APPELLENT.
J'ARRIVE TOUT DE SUITE.

SI LE COEUR VOUS EN DIT, VOUS ÊTES LES BIENVENUS DANS NOTRE ÉGLISE.
EN DONNANT L'AUMÔNE AU SEIGNEUR, CELUI-CI VOUS ACCORDERA SA PROTECTION.
L'AUMÔNE… ELLE NE PERD PAS LE NORD.
BON, QU'EST-CE QU'ON FAIT ? ON VA DEMANDER AU SEIGNEUR DE NOUS PROTÉGER ?
CE COMMERCE DE FERRAILLES AU MILIEU DE CETTE BOURGADE ME PARAIT LOUCHE.
MOUAIS…
AVEC CE NÉGOCE, LES FRÉQUENTES ALLÉES ET VENUES N'ÉTONNENT PERSONNE.
ET LE GOUVERNEMENT NE PEUT PAS ENTRER DANS LA MAISON DE DIEU COMME DANS UN MOULIN.

C'EST LA CACHETTE IDÉALE POUR CES TYPES...
J'AI QUELQUES QUESTIONS À POSER À CETTE BONNE SOEUR...
HÉ, ATTENDS !
ON N'A ENCORE AUCUNE PREUVE.
PAS DE VIOLENCE, COMPRIS ?
IL Y A PROBABLEMENT DES ARMES SCCAGGS CACHÉES LÀ-DEDANS.
SI ON N'EMPLOIE PAS LA FORCE...
NOUS NE POUVONS PAS INTERVENIR TANT QU'AUCUN AVIS DE JUGEMENT N'A ÉTÉ ÉMIS.
NOUS SOMMES DES RED RAVEN !
ET NON DES MAFIEUX QUI EN VIENNENT TOUT DE SUITE À LA FORCE !
JE LE SAIS BIEN ! PAS BESOIN DE ME LE RAPPELER !
JE SUIS UN RED RAVEN !!

À VOIR TON COMPORTEMENT...
ガラーン
DING DONG
... PERMETS-MOI DE TE DIRE QUE J'EN DOUTE !
DING DONG
ガラ
...
DING DONG
ガラーン
ATTENDS-MOI LÀ ET TIENS-TOI TRANQUILLE.
ギリ
GNIP
QU'A-T-IL VOULU DIRE PAR LÀ...?

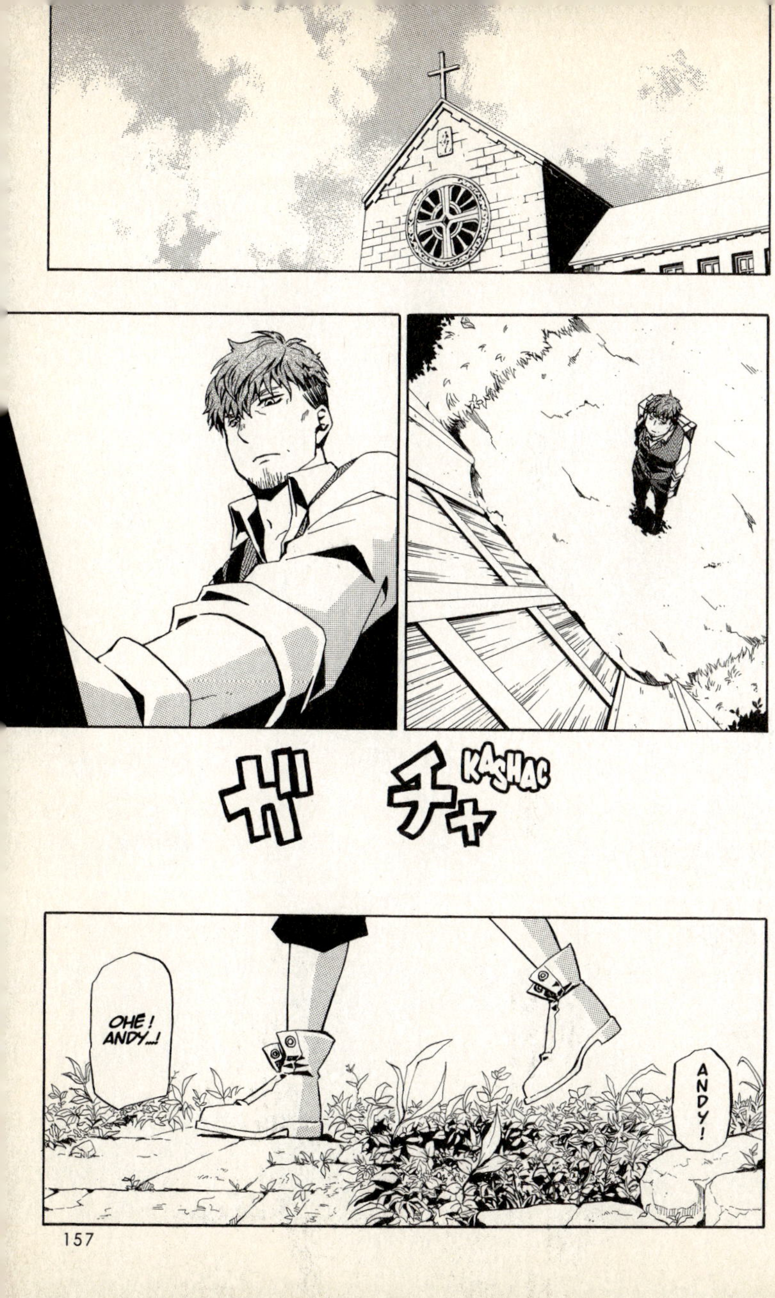
ガチャ
KASHAC
ANDY!
OHE! ANDY...!

IL T'A DEMANDÉ D'ATTENDRE !
JE COMPRENDS CE QUE TU RESSENS...
... MAIS T'EN AS VU DES VERTES ET DES PAS MÛRES CES DERNIERS TEMPS. TOUT S'EMBROUILLE DANS TA TÊTE.
BOUCLE-LA, CHARLES ! ON VA FINIR PAR SE FAIRE REPÉRER À CAUSE DE TOI.
GRRR
むむむ
BAM
JOSEPH...

QUEL QUE SOIT LE LIEU OÙ ELLES SE TROUVENT...
... DES ARMES SCCAGGS RESTENT DES ARMES SCCAGGS.
ANDY ! ATTENDS, JE TE DIS !
ÉCOUTE-MOI !
POO
PLAC
GUMPF !
CHARLES...!
STOP !! JE T'AI DIT DE NE PAS BOUGER !!
GATCH
FWOP
JE NE VOIS PLUS RIEN ! J'ÉTOUFFE...!!
FWOP
GLISSE

HM ?
WOUAH !
BAM BADABRAM
AÏE !
OUILLE !
BOMK
PTAM
SSHHH
EUH... PARDON, JE M'EXCUSE.
OÙ EST-CE QU'ON A ATTERRI ? LA PORTE NE S'OUVRE PAS.
PEUT-ÊTRE QU'ELLE NE S'OUVRE QUE DE L'EXTÉRIEUR ?
TU AS UNE FONCTION NAVIGATEUR, NON ? DÉPÊCHE-TOI DE TROUVER UNE SORTIE !
TOUT À L'HEURE, TU NE ME PRÊTAIS MÊME PAS L'OREILLE. JE N'EXISTE QUE LORSQUE TU AS UN PROBLÈME...

ON NE VOIT RIEN DU TOUT.
J'AI APERÇU DES TRUCS RESSEMBLANT À DES CROIX. CET ENDROIT EST PEUT-ÊTRE UNE GROTTE QUI FAISAIT AUTREFOIS OFFICE D'ÉGLISE.
OU BIEN PEUT-ÊTRE SOMMES-NOUS DANS DES CATACOMBES.
AUTREMENT DIT, ON EST SEULS ICI ET PERSONNE NE VIENT JAMAIS DANS CET ENDROIT...
ZIEUTE
JE NE SUIS PAS LE SEUL FAUTIF SI ON S'EST RETROUVÉS ICI...!
Mais je tiens quand même à m'excuser !!
QUE FAITES-VOUS LÀ ?

TIENS ! TU ES LE GARÇON QUE J'AI RENCONTRÉ TOUT À L'HEURE.
COMMENT ES-TU ARRIVÉ ICI ?
POC
OÙ EST L'HOMME QUI T'ACCOMPAGNAIT ?
POC
IL EST INTERDIT D'ENTRER ICI SANS AUTORISATION.
OH...!
DES ARMES ...?!

TU ES ICI DANS UN LIEU SAINT.
TU AS BEAU ÊTRE ENVOYÉ PAR LE GOUVERNEMENT, JE DOIS TE DEMANDER DE TE RETIRER.
FRUP
ばさ
!
SCHLING
SINON IL RISQUE D'Y AVOIR DU GRABUGE.
QUE ...?!

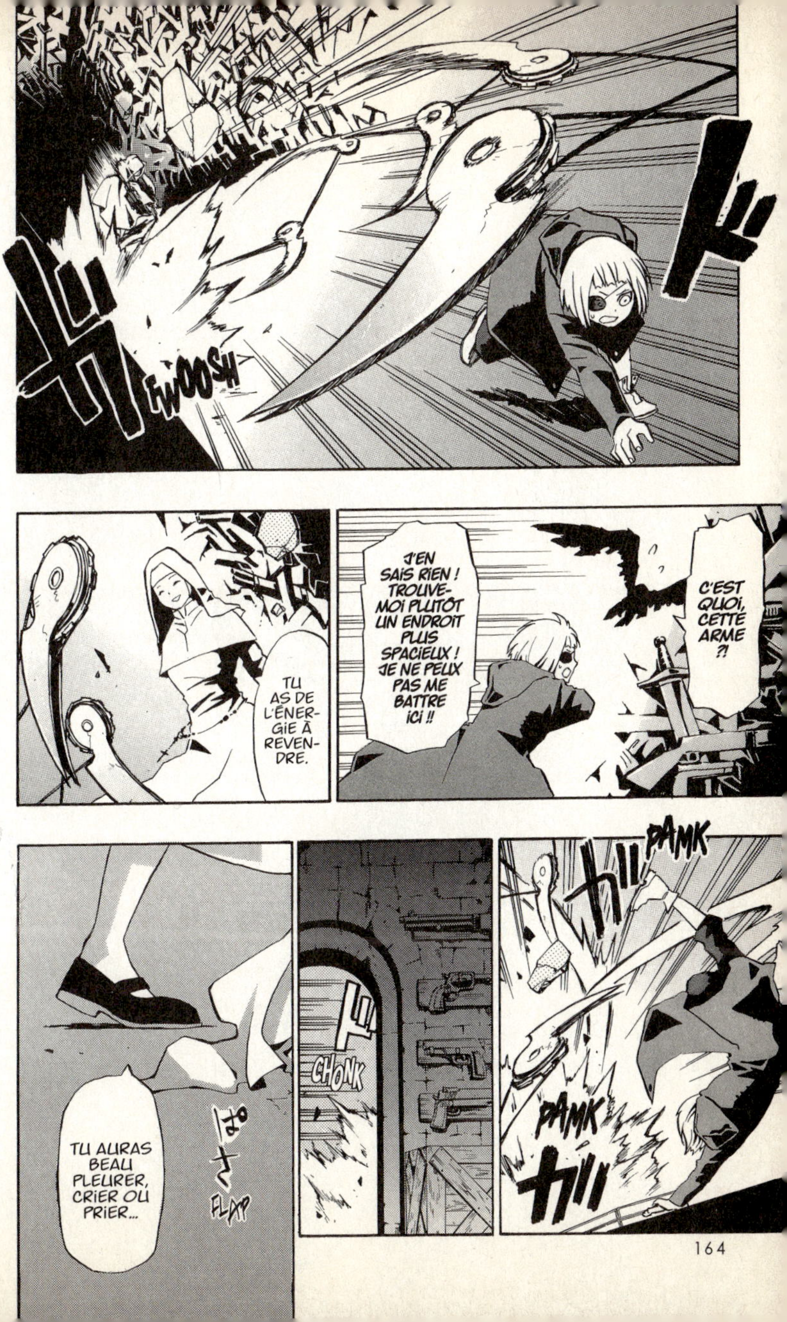

FWOOSH
C'EST QUOI, CETTE ARME ?!
J'EN SAIS RIEN ! TROUVE-MOI PLUTÔT UN ENDROIT PLUS SPACIEUX ! JE NE PEUX PAS ME BATTRE ICI !!
TU AS DE L'ÉNERGIE À REVENDRE.
PAMK
PAMK
CHONK
FLAP
TU AURAS BEAU PLEURER, CRIER OU PRIER...

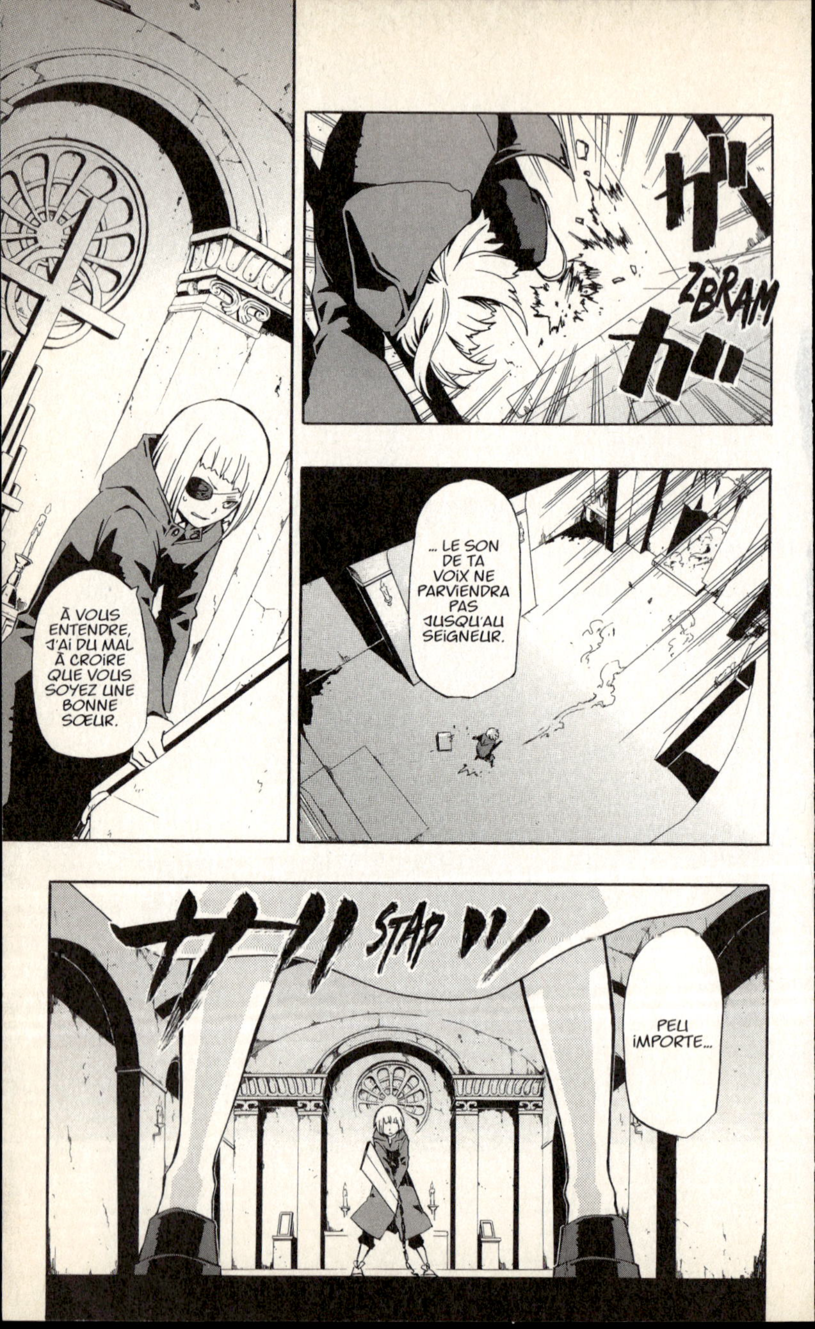
ZBRAM
... LE SON DE TA VOIX NE PARVIENDRA PAS JUSQU'AU SEIGNEUR.
À VOUS ENTENDRE, J'AI DU MAL À CROIRE QUE VOUS SOYEZ UNE BONNE SOEUR.
STAP
PEU IMPORTE...

... PUISQU'IL N'Y A DE TOUTE FAÇON AUCUN DIEU DANS CE MONDE.
UNE SCCAGGS.
KLANK !
FRRT
SEULS LES HOMMES SAUVENT LES HOMMES, ET CE SONT AUSSI EUX QUI APPORTENT LE DÉSESPOIR.

ZWOOOO
UN DIEU QUI NE FAIT RIEN, C'EST COMME UN DIEU QUI N'EXISTE PAS.
FWOOOF
FRRT!
SHOUC
?!
LA LU-MIÈ-RE...

SHRAAP
...?!
JE N'AI RIEN VU...!!
ET JE N'ENTENDS AUCUN BRUIT NON PLUS...!
Ô SEIGNEUR !

CE PAUVRE ENFANT NE PEUT PLUS RIEN FAIRE D'AUTRE QUE PRENDRE LA FUITE.
SI TU PEUX VRAIMENT LE SAUVER, C'EST MAINTENANT OU JAMAIS.

PTAM
ぱたん
TROP DE GENS ENTRENT ET SORTENT DE CETTE ÉGLISE.
HAA
はあ…
J'AI INSPECTÉ LES LIEUX, MAIS JE N'AI RIEN REMARQUÉ D'ANORMAL.
Je crois que le plus louche ici, c'est moi...
PEUT-ÊTRE DEVRAIS-JE ALLER INTERROGER CETTE BONNE SOEUR ?
POUR COMMENCER, POURRIEZ-VOUS ARRÊTER DE ME COLLER...?!
Hé, m'sieur ! Je veux un bonbon !
VOUS M'EMPÊCHEZ DE FAIRE MON TRAVAIL.
JE T'ASSURE QUE JE L'AI VU MANGER UN BONBON DE LA BOÎTE MARRON.
ÇA SUFFIT ! QUAND JE VOUS EN AI PROPOSÉ TOUT À L'HEURE, PERSONNE N'EN A VOULU...!!
Orphelins

DES TRANS-POR-TEURS...
...
TAP TAP
SHAK
SHAK
SHAK
BAM

TU ESQUIVES PLUTÔT BIEN.
KANK
KANK
MAIS POURQUOI NE CONTRE-ATTAQUES-TU PAS ?
TU POSSÈDES POURTANT, TOI AUSSI, LA "MÊME CHOSE" QUE MOI, NON ?
TU ES LE NUMÉRO RENVERSÉ PRÉNOMMÉ ANDY, N'EST-CE PAS ?
JE PEUX L'ENTENDRE...
... MAIS JE NE PEUX PAS LA VOIR.
JE CROIS QUE JE N'AI PAS LE CHOIX. JE VAIS ÊTRE OBLIGÉ D'UTILISER MON ŒIL.
TU ES DIFFÉRENT DE CE QUE J'AI ENTENDU À TON SUJET.
TU N'ES QU'UNE PETITE PIERRE INOFFENSIVE.

GNIP
C'EST D'UN RIDI-CULE !
TU AS REJETÉ LES SCCAGGS ET TU T'ES ENFUI...
... MAIS, SI ON TE RETIRE TON ARME SCCAGGS, IL NE TE RESTERA PLUS RIEN.
OUI, JE SAIS ...!!
JE LE SAIS BIEN !!
C'EST POUR ÇA...
FWOOO
... QUE JE VAIS FAIRE LA PEAU À CE FUMIER DE SIEGFRIED SCCAGGS EN UTILISANT LA "FORCE" QU'IL M'A LUI-MÊME DONNÉE !!

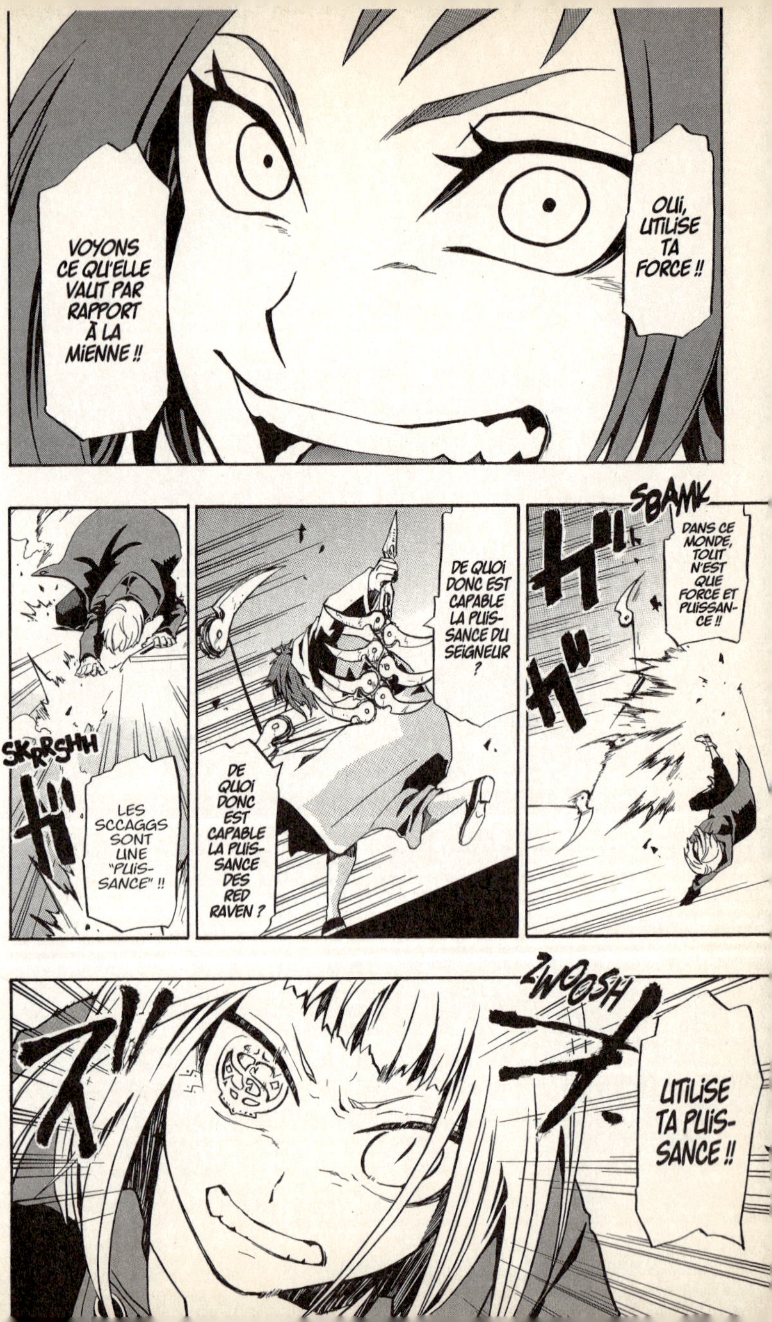
OUI, UTILISE TA FORCE !!
VOYONS CE QU'ELLE VAUT PAR RAPPORT À LA MIENNE !!
SBAMK
DANS CE MONDE, TOUT N'EST QUE FORCE ET PUISSANCE !!
DE QUOI DONC EST CAPABLE LA PUISSANCE DU SEIGNEUR ?
DE QUOI DONC EST CAPABLE LA PUISSANCE DES RED RAVEN ?
SKRRSHH
LES SCCAGGS SONT UNE "PUISSANCE" !!
ZWOOSH
UTILISE TA PUISSANCE !!

CHAPF CHAPF CHAPF
QUE ...?
JE T'AVAIS DIT DE TE TENIR TRANQUILLE.
TU ES UN RED RAVEN.

DRRRRRZ
...
DRRZ!
DRRZ!
UN ORIGINAL QUI TRIMBALLE UNE CHAISE ÉLECTRIQUE.
QU'EST-CE QUE TU ME VEUX ?
ENCORE UN CORBEAU ROUGE...

TU DÉGOISES DES INEPTIES À PROPOS DE LA "PUISSANCE" EN BRANDISSANT UNE VULGAIRE ARME...
... ET JE ME DISAIS QU'UN PETIT APERÇU DE NOS INSTRUMENTS D'EXÉCUTION NE TE FERAIT PAS DE MAL.
MALHEUREUSEMENT...
... AUCUN AVIS DE JUGEMENT N'A ÉTÉ ÉMIS CONTRE TOI POUR LE MOMENT.
LA PUISSANCE DES CORBEAUX EST MUSELÉE PAR LA LOI... QUELLE STUPIDITÉ !
DÉTROMPE-TOI.

NOUS NE FAISONS QUE RÉGULER LES "FORCES" QUI S'EMBALLENT UN PEU TROP.
C'EST À ÇA QUE SERVENT NOS INSTRUMENTS D'EXÉCUTION.
NOUS NE SOMMES PAS LÀ POUR NOUS BATTRE CONTRE VOUS.
ALORS, S'IL TE PLAÎT, NE NOUS METS PAS, ANDY ET MOI, DANS LE MÊME PANIER QUE VOUS QUI N'ÊTES QUE DES INDIVIDUS QUI SE NOIENT DANS LEUR PUISSANCE.
DIS-TOI BIEN QUE LA PROCHAINE FOIS QUE NOUS NOUS VERRONS...
... JE VIENDRAI AVEC UN AVIS DE JUGEMENT.
J'AI HÂTE DE VOUS ENTENDRE HURLER.
POC

TOUT EST EN TRAIN DE SE DÉROULER COMME LE DÉSIRE SIEGFRIED.
AU-DESSUS DE L'HOMME SE TIENT L'HOMME...
... ET L'HOMME EST GUIDÉ PAR L'HOMME.
Ô SEIGNEUR ! SI TU PENSES QUE NOUS NOUS TROMPONS...
... INFLIGE-NOUS ALORS TON CHÂTIMENT.

FLAP
JE SUIS DÉSOLÉ, JOSEPH.
SI TU N'ÉTAIS PAS INTERVENU, J'AURAIS ENCORE PERDU MON CONTRÔLE.
JE SUIS UNE ARME SCCAGGS ET, QUOI QUE JE FASSE, UNE ARME RESTE UNE ARME... CETTE "PUISSANCE" EST EN TRAIN DE M'ENGLOUTIR.

JE N'AI PAS L'INTENTION DE TE FAIRE LA MORALE.
MAIS DIS-TOI BIEN QUE...
... TU T'ES ENFUI DE CHEZ LES SCCAGGS DE TA PROPRE VOLONTÉ.
TU AS QUITTÉ CET ENDROIT PARCE QUE TU LE VOULAIS.
ET C'EST AUSSI DE TA PROPRE INITIATIVE QUE TU ES DEVENU UN RED RAVEN.
PAR CONSÉQUENT ...

... TU ES DIFFÉRENT DE CES TYPES.
SANS QUOI, TU NE SERAIS PAS UN RED RAVEN.
DEPUIS QUE JE TE CONNAIS, TU M'AS TOUJOURS CAUSÉ DES ENNUIS. C'EST PAS NOUVEAU, JE M'Y SUIS HABITUÉ.
OUI, MAIS N'EMPÊCHE QU'AUJOURD'HUI, C'ÉTAIT LA FAUTE DE CHARLES !
じっ
ZIEUTE
CRÔAAA...!! UN INSTANT !! TU ES AUSSI FAUTIF QUE MOI !!

Chapitre 20 : Une lame menaçante
QU'EST-CE QUE TU FAIS, ANDY ?
FLAP
À CE TRAIN-LÀ, ON N'EST PAS PRÈS D'ARRIVER À L'ÉGLISE OÙ NOUS NOUS RENDONS.
Tu as dit que tu connaissais bien la région et que tu pourais trouver ton chemin, mais ça n'a pas du tout l'air d'être le cas !
L'AFFAIRE PRÉCÉDENTE NOUS A PERMIS DE DÉCOUVRIR LE RÉSEAU DE DISTRIBUTION DES SCCAGGS...
... ET L'ÉGLISE D'ALABANT SEMBLE SUSPECTE.
on doit se dépêcher !
OUI.
T'AS PAS LE MORAL, HEIN ?
EST-CE QUE ÇA VA ALLER ?

TU FERAIS MIEUX DE NE PAS TROP PENSER À CE QUI S'EST PASSÉ.
TU AS PERDU TON CONTRÔLE, MAIS JOSEPH NE T'EN TIENT PAS RIGUEUR, TU SAIS.
TU POSSÈDES UN SCCAGGS ET TU NE PEUX RIEN Y CHANGER.
c'est comme ça.
JE SUIS JUSTE UN PEU FATIGUÉ.
VRAI-MENT ?

OUI, CETTE GUIL-LOTINE EST LOURDE.
DEPUIS LE TEMPS, C'EST MAIN-TENANT QUE TU T'EN RENDS COMPTE ?

Chapitre 20
Une lame menaçante

DES ENTREPÔTS D'ARMES SCCAGGS DANS LES ÉGLISES...
ÇA NE VA PAS NOUS FACILITER LA TÂCHE...
LES SCCAGGS ONT PLANTÉ LEURS RACINES PLUS PROFONDÉMENT QU'ON NE LE PENSAIT.
UNE PARTIE DES ARMES SCCAGGS TRANSITE PAR LES ÉGLISES, ÇA NE FAIT AUCUN DOUTE.
MAIS FAIRE DES RECHERCHES NOUS PRENDRA TROP DE TEMPS, CARLO.
NOUS NE POUVONS PAS NOUS MESURER AU SEIGNEUR. LA MOINDRE GAFFE RISQUE DE COÛTER CHER À NOTRE ENQUÊTE.
ET LE GOUVERNEMENT NE PEUT PAS INTERVENIR FACILEMENT DANS CE GENRE D'ENDROIT.

JE CROIS QUE JE VAIS AVOIR BESOIN DE TOI POUR UN BOULOT QUI NE SERA PAS DE TOUT REPOS.
T'INQUIÈTE PAS POUR ÇA.
LES DÉSIRS DU JUGE CARLO SCARLATTI SONT DES ORDRES.
JAMAIS JE NE ME PERMETTRAIS DE DÉSOBÉIR AU PLUS HAUT RESPONSABLE DES RED RAVEN.
ARRÊTE DE FAIRE LE LÈCHE-BOTTES, TU ME RÉPUGNES.
FLAP
QU...? T'AVAIS PAS L'AIR DE PLAISANTER EN DISANT ÇA.
TU LE PENSES VRAIMENT ? JE TE RÉPUGNE ?
TOC! TOC!
KASHAC
EXCUSEZ-MOI.
DES DOCUMENTS DU BUREAU DES AFFAIRES JUDICIAIRES VIENNENT D'ARRIVER. IL Y A AUSSI PLUSIEURS LETTRES POUR VOUS, CARLO...

QU...? QU'EST-CE QUE JOSEPH FAIT ICI ?
salut !
JE TE CROYAIS AVEC ANDY...
LES CHOSES SE SONT UN PEU COMPLIQUÉES ET J'AI LAISSÉ ANDY S'EN OCCUPER TOUT SEUL.
c'est lui qui m'a dit qu'il voulait être seul.
MAIS N'EST-CE PAS DANGEREUX DANS SON ÉTAT ?
EN SE MESURANT À D'AUTRES NUMÉROS RENVERSÉS, IL A EFFECTIVEMENT COMMENCÉ À SE POSER DES QUESTIONS SUR LA PUISSANCE QUI EST EN LUI.
IL S'EST RENDU COMPTE QUE, COMME EUX, IL UTILISAIT, LUI AUSSI, UNE ARME SCCAGGS.
MAIS LE FAIT QU'IL SOIT TOURMENTÉ MONTRE QU'IL FAIT FACE À LA SITUATION. S'IL LUI ARRIVE QUELQUE CHOSE, J'EN PRENDS LA RESPONSABILITÉ.
ET PUIS, ON VA AVOIR DU PAIN SUR LA PLANCHE.

IL EST TEMPS QU'ON LAISSE ANDY SE DÉBROUILLER SEUL.
HAM
ぱく
JE N'ARRIVE PAS À TROUVER CETTE ÉGLISE.
QUI A DIT QU'IL CONNAISSAIT LA VILLE D'ALABANT COMME SA POCHE PARCE QU'IL Y ÉTAIT DÉJÀ VENU ?!
もぐ もぐ
SCRONTCH SCRONTCH
PENDANT UN MOMENT, J'AI CRU QUE TU CHERCHAIS UNE DE TES CONNAISSANCES, MAIS CE N'ÉTAIT APPAREMMENT PAS LE CAS !
Tu t'es tout bonnement perdu pour la énième fois !
UNE CONNAISSANCE ?
MAINTENANT QUE TU LE DIS, ÇA ME RAPPELLE QUE...
... J'AI EFFECTIVEMENT UNE CONNAISSANCE DANS CETTE VILLE.

JE VAIS LUI TÉLÉPHONER POUR LUI DEMANDER LE CHEMIN.
ESPÈCE DE FUMIER !!
GLUP
UNE DISPUTE ?
UNE CRAPULE SEMBLE CHERCHER DES NOISES AU PATRON.
LES CITOYENS IMPUISSANTS SONT TOUJOURS LES PREMIÈRES VICTIMES.
S'IL TE PLAIT, PAS DE GRABUGE, ANDY.
MOUAIS...
POC
POC
JE ME NOIE, MOI AUSSI, DANS MA PUISSANCE.

CE N'EST PAS CE QUE J'AI DIT.
GLING ! GLING !
DÉSOLÉ DE VOUS DÉRANGER, MAIS...
POC
POC
... ON NOUS A DIT QU'UNE SOURIS ÉTAIT ENTRÉE ICI.
QUE VOULEZ-VOUS ?
C'EST DONC TOI.
EN EFFET, TU AS L'AIR D'UNE BELLE CANAILLE... TU N'ES PAS DE LA RÉGION.
OH ! LE CHEF S'EST DÉPLACÉ EN PERSONNE...
JE SUIS VRAIMENT DÉSOLÉ DE VOUS ENNUYER AVEC ÇA.
NON, VOUS N'AVEZ PAS À VOUS EXCUSER.
PAK !!

WHAAM
NOUS AUTRES, LES GIORDANI, NOUS SOMMES LÀ POUR FAIRE RESPECTER LA JUSTICE...
... CAR C'EST LE RÔLE DE LA MAFIA.
ANNA GIORDANI, LE QUATRIÈME CHEF DE LA FAMILLE GIORDANI.
J'AI DONC DROIT À LA VISITE DU CHEF DE LA VILLE !
SON VISAGE M'EST FAMILIER.
ELLE A CHANGÉ.
SI TU ME CONNAIS DÉJÀ, ÇA NOUS PERMETTRA DE GAGNER DU TEMPS.
DANS CETTE VILLE, TOUT LE MONDE EST TENU DE RESPECTER LES RÈGLES QUE J'AI MISES EN PLACE.

HA HA ! TU TE PRENDS POUR UNE FLIC ? REDESCENDS SUR TERRE, PETITE ! CE N'EST PAS ÇA, LA MAFIA...
はは！
HA HA
PARCE QUE TU CROIS QUE FAIRE PARTIE DE LA MAFIA, ÇA VEUT DIRE ÊTRE UNE CRAPULE QUI JOUE LES DURS, QUI ABUSE DE SA "FORCE" ET QUI MET LA PAGAILLE DANS LES BARS ?
C'EST TOI QUI FERAIS MIEUX DE REDESCENDRE SUR TERRE !
LES TYPES QUI N'ONT NI HONNEUR NI FIERTÉ, JE N'APPELLE PAS ÇA DES MAFIEUX.
SI TU VEUX JOUER À LA BAGARRE, ALORS VA VOIR AILLEURS, ESPÈCE DE PETITE FRIPOUILLE !
AUTRE CHOSE...
JE NE TE LAISSERAI PAS FAIRE DE TRAFIC ILLÉGAL DANS CETTE VILLE.

D'AUTANT PLUS QUE J'AI UNE SAINTE HORREUR DE CETTE CHOSE QUE TU PORTES.
!
MAIN-TENANT QUE JE SUIS DÉMAS-QUÉ...
... JE N'AI PLUS BESOIN DE CACHER MON ARME !!
WHAAM
!!
LA...
LA MARQUE DES SCCAGGS ...!!

TOUT À FAIT ! RIEN NE SERT DE VOUS CACHER SOUS LES TABLES, MESSIEURS !!
LES BALLES DE CE PISTOLET PEUVENT TRAVERSER TOUT ET N'IMPORTE QUOI !!
SHRAAC
HM...
QU...?
FWOUP
TU FERAIS MIEUX DE DÉBARRASSER LE PLANCHER AVANT QUE CET ENDROIT NE SOIT RECOUVERT DE SANG, PETITE.

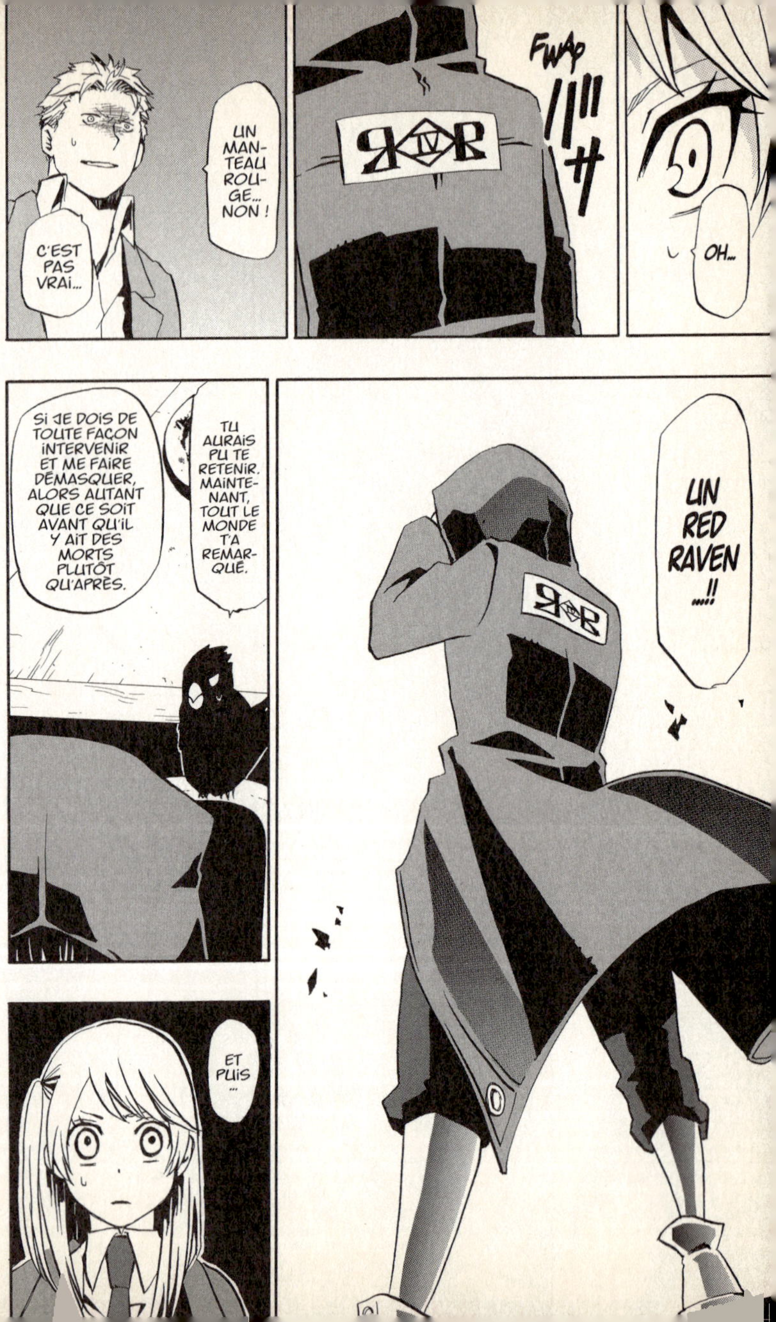
OH...
FWAP
UN MANTEAU ROUGE... NON !
C'EST PAS VRAI...
UN RED RAVEN ...!!
TU AURAIS PU TE RETENIR. MAINTENANT, TOUT LE MONDE T'A REMARQUÉ.
SI JE DOIS DE TOUTE FAÇON INTERVENIR ET ME FAIRE DÉMASQUER, ALORS AUTANT QUE CE SOIT AVANT QU'IL Y AIT DES MORTS PLUTÔT QU'APRÈS.
ET PUIS...

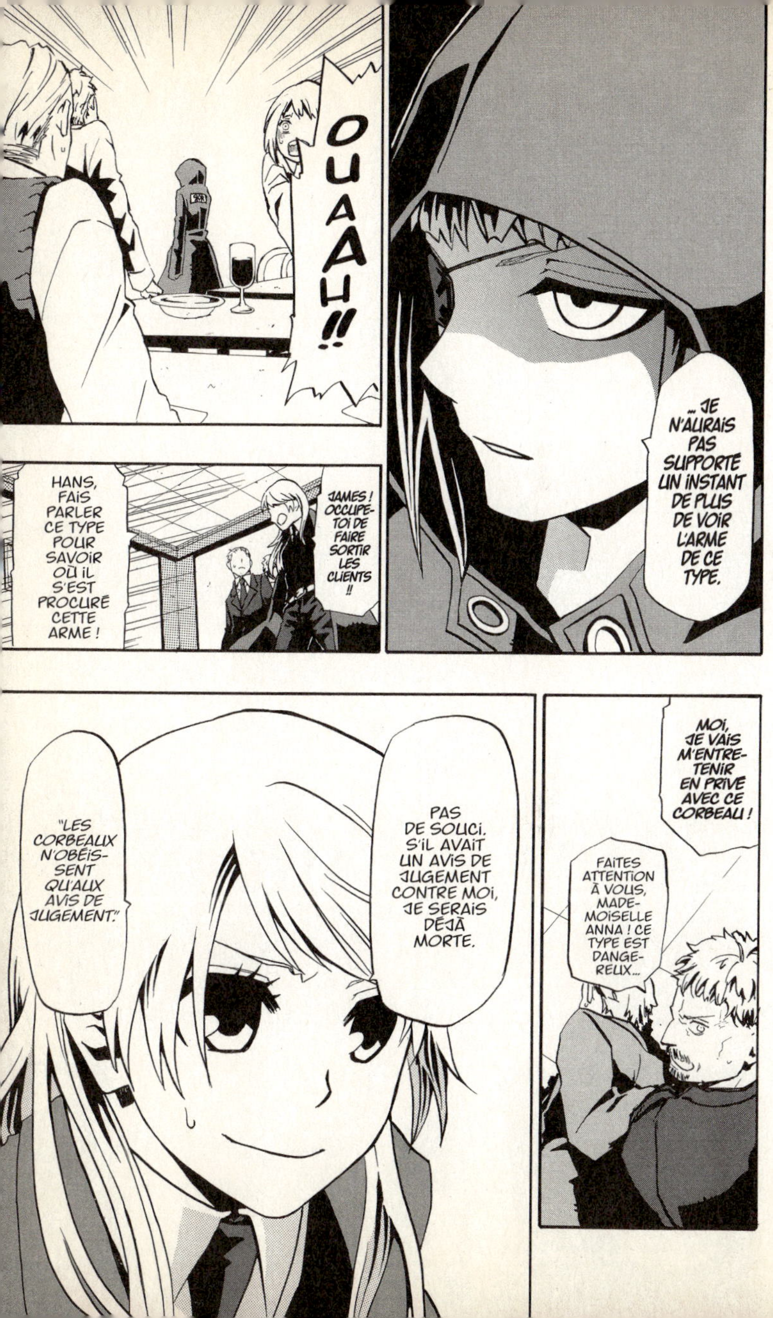

... JE N'AURAIS PAS SUPPORTÉ UN INSTANT DE PLUS DE VOIR L'ARME DE CE TYPE.
OUAAAH !!
JAMES ! OCCUPE-TOI DE FAIRE SORTIR LES CLIENTS !!
HANS, FAIS PARLER CE TYPE POUR SAVOIR OÙ IL S'EST PROCURÉ CETTE ARME !
MOI, JE VAIS M'ENTRE-TENIR EN PRIVÉ AVEC CE CORBEAU !
FAITES ATTENTION À VOUS, MADE-MOISELLE ANNA ! CE TYPE EST DANGE-REUX...
PAS DE SOUCI. S'IL AVAIT UN AVIS DE JUGEMENT CONTRE MOI, JE SERAIS DÉJÀ MORTE.
"LES CORBEAUX N'OBÉIS-SENT QU'AUX AVIS DE JUGEMENT."

PTAM
BIEN, ENTENDU.
EN TANT QUE CHEF DE LA MAFIA, J'AI QUELQUES QUESTIONS À TE POSER.
QU'EST-CE QUI T'AMÈNE ICI, ANDY ? QUE FAIT UN RED RAVEN DANS CETTE VILLE ?
COMME TU AS PU LE VOIR...
... DES ARMES SCCAGGS CIRCULENT DANS CETTE VILLE.
EN TANT QUE RED RAVEN, J'AI, MOI AUSSI, UNE QUESTION À TE POSER.
AS-TU DES INFORMATIONS CONCERNANT CE TRAFIC D'ARMES ?

UNE RUMEUR CIRCULE DEPUIS PEU...
... ET LES GIORDANI ONT À PEINE COMMENCÉ À AGIR.
HM...
RASSURE-TOI...
AUCUN AVIS DE JUGEMENT N'A ÉTÉ ÉMIS NI CONTRE TOI NI CONTRE TES HOMMES.
FROP
POC
NE COMPTE PAS SUR MOI POUR T'AIDER.
JE DIRAI TOUTEFOIS À MES HOMMES DE NE PAS TE GÊNER DANS TON TRAVAIL.
ce trafic nous ennuie, nous aussi !
FROP
MERCI...

QUOi ?
ZIEUTE
じっ
TU NE RESSEMBLES VRAiMENT PAS À UNE MAFiEUSE.
Je parie que tu t'es forcée à jouer les dures, tout à l'heure.
LA FERME !
TOUT CE QUi COMPTE POUR MOi, C'EST DE RENDRE UN PEU MEiLLEURE LA VIE DES GENS QUi ME RESPECTENT ET QUi ME FONT CONFiANCE.
GRÂCE À TA "FORCE", TU AS DÉBARRASSÉ MA ViLLE DES TYPES DE LA NOUVELLE MAFiA...
... ET JE T'EN SUiS RECONNAISSANTE AUJOURD'HUi ENCORE.
C'EST POUR ÇA QUE JE NE SUiS PAS CONTRE L'EXiSTENCE DES RED RAVEN.

EN REVANCHE, JE SUIS TOTALEMENT OPPOSÉE AUX SCCAGGS.
ET PAS SEULEMENT PARCE QUE LEURS ARMES SONT EXTRÊMEMENT PUISSANTES...
... MAIS PARCE QUE LEUR FORCE ET LEUR PUISSANCE NE MÈNERONT À RIEN DE CE À QUOI J'ASPIRE.
...
LA MAFIA EST POURTANT, ELLE AUSSI, UNE "FORCE".
QUE VEUX-TU DIRE ?
RIEN... JE CROIS QUE TU ME SURESTIMES ET J'EN SUIS DÉSOLÉ, C'EST TOUT.
MON CORPS RENFERME UNE ARME SCCAGGS...
... ET JE SUIS EN TRAIN DE ME FAIRE ENGLOUTIR PAR SA "PUISSANCE".

FWOP
ぐい
!
PASH
ばしっ
...
...
ぽかん
GULP
QU ...?
AH!
PA... PARDON !

Fup
Fup
あたふた
FLAF
しゅん
LORSQUE TU UTILISES TA "FORCE", CE N'EST DONC PAS DE TA PROPRE VOLONTÉ ?
NOUS SOMMES DÉCIDÉMENT DIFFÉRENTS, TOI ET MOI.
LAISSE-MOI JUSTE TE DIRE UNE DERNIÈRE CHOSE.
CELUI QUI N'EST PAS RÉSOLU ET QUI N'ASSUME PAS LA RESPON-SABILITÉ DE SA FORCE N'EST PAS DIGNE DE L'UTILISER.
バタン
PTAM
JE SUIS QUAND MÊME ENCORE CAPABLE DE COMPREN-DRE ÇA.

VROOM
TU AS LA JOUE TOUT ENFLÉE.
Elle ne t'a pas raté.
LA FERME !
GROM
J'ÉTAIS POURTANT DÉTERMINÉ...
À TE VENGER DES SCCAGGS ?
Pourquoi parles-tu au passé ?
J'ÉTAIS DÉTERMINÉ À ME VENGER... C'ÉTAIT TOUT CE QUI COMPTAIT POUR MOI...
MAIS JE SUIS EN TRAIN DE ME FAIRE ENGLOUTIR PAR LA "PUISSANCE" QUI EST EN MOI.
QUE DOIS-JE FAIRE ?
QUE SUIS-JE CENSÉ FAIRE AVEC CETTE ARME SCCAGGS À L'INTÉRIEUR DE MON CORPS...?

NOUS VOILÀ ENFIN ARRIVÉS À DESTINATION.
HM ?
OH...
ANNA !
QU'EST-CE QU'ELLE FAIT ICI ? ON NE LUI A POURTANT PAS DIT QU'ON CHERCHAIT CET ENDROIT.
SERAIT-ELLE DE MÈCHE AVEC LES SCCAGGS ?
CHARLES !
ANNA NE FERAIT JAMAIS ÇA. TU AS ENTENDU CE QU'ELLE A DIT TOUT À L'HEURE, NON ?
ALLONS VOIR L'ABBÉ.
À CETTE HEURE-CI, IL DOIT ÊTRE DANS SON LOGEMENT.

VOUS SEMBLEZ PRIER AVEC FERVEUR, MON ENFANT.
SI JE NE M'ABUSE, VOUS DEVEZ ÊTRE ANNA GIORDANI, N'EST-CE PAS ?
OUI... C'EST AUJOURD'HUI L'ANNIVERSAIRE DE MON DÉFUNT GRAND-PÈRE.
ÊTES-VOUS VENUE DEMANDER LE SALUT DE SON ÂME ?
NON, JE LUI FAIS SEULEMENT UN RAPPORT DE LA SITUATION DE CES DERNIERS TEMPS.
AVANT, J'ALLAIS À L'ÉGLISE POUR ME RACCROCHER À QUELQUE CHOSE.
MAIS, À CAUSE DE L'AUTRE COUPE AU BOL, JE NE SAIS PLUS TROP OÙ J'EN SUIS...
Je fais pourtant de mon mieux !
?

AU FAIT, J'AIMERAIS RENCONTRER LE CURÉ DE LA PAROISSE...
POC
JE SUIS DÉSOLÉE...
... MAIS MONSIEUR L'ABBÉ...
... EST EN TRAIN DE SE REPOSER.

QUELQU'UN A VOULU L'EMPÊCHER DE PARLER... ON S'EST FAIT DOUBLER.
IL VIENT TOUT JUSTE DE SE FAIRE TUER... SON ASSASSIN NE DOIT PAS ÊTRE LOIN...
AH
はっ
ANNA...!
J'AI UN CERTAIN DON POUR ME RAPPELER LES VISAGES...
... ET JE CONNAIS CEUX DE TOUS LES GENS DE CETTE VILLE.
QUI ÊTES-VOUS ?

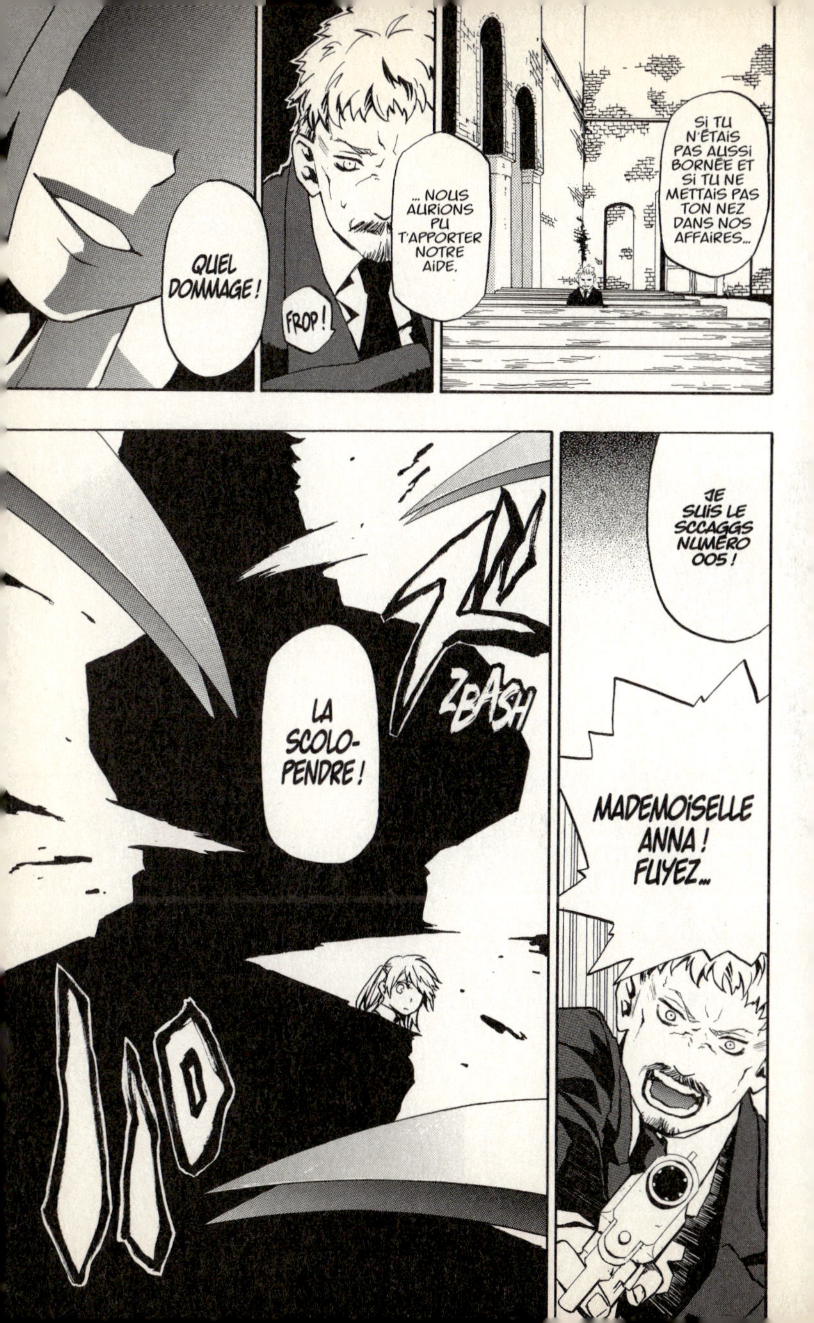
SI TU N'ÉTAIS PAS AUSSI BORNÉE ET SI TU NE METTAIS PAS TON NEZ DANS NOS AFFAIRES...
... NOUS AURIONS PU T'APPORTER NOTRE AIDE.
FROP !
QUEL DOMMAGE !
JE SUIS LE SCCAGGS NUMÉRO 005 !
MADEMOISELLE ANNA ! FUYEZ...
LA SCOLOPENDRE !
ZBASH

QUELLE DÉCEPTION !
FWOOSH
J'ATTENDAIS MIEUX DE TOI.
DASH
SBOOM

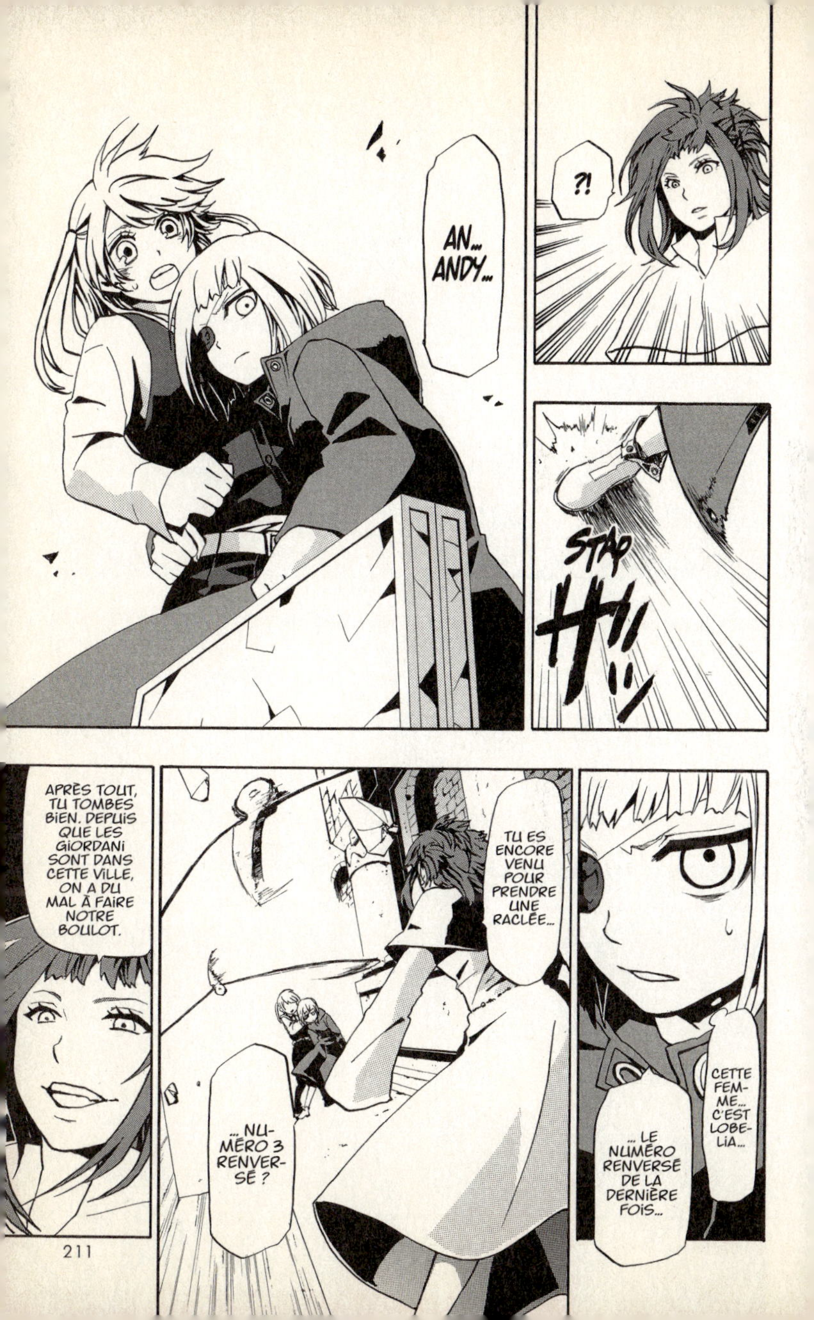

?!
STAP
AN... ANDY...
CETTE FEMME... C'EST LOBELIA...
... LE NUMÉRO RENVERSÉ DE LA DERNIÈRE FOIS...
TU ES ENCORE VENU POUR PRENDRE UNE RACLÉE...
... NUMÉRO 3 RENVERSÉ ?
APRÈS TOUT, TU TOMBES BIEN. DEPUIS QUE LES GIORDANI SONT DANS CETTE VILLE, ON A DU MAL À FAIRE NOTRE BOULOT.

ZWAASH
IL EST TEMPS...
... DE FAIRE LE MÉNAGE UNE BONNE FOIS POUR TOUTES.
SHAK
SHAK
FAIS QUELQUE CHOSE, ANDY ! TU ES UN RED RAVEN, NON ?!
JE NE PEUX RIEN CONTRE ELLE.
BRAOUM
QU'EST-CE QUI T'ARRIVE ? C'EST POURTANT TOI QUI DISAIS QUE TU VOULAIS TE VENGER, NON ?!
OUI !! MA RÉSOLUTION N'A PAS CHANGÉ ! JAMAIS JE NE PARDONNERAI AUX SCCAGGS !!
MAIS, POUR LEUR FAIRE FACE, JE SUIS OBLIGÉ, MOI AUSSI, D'UTILISER MON ARME SCCAGGS.
ET SI JE FAIS ÇA, JE...
SI JE NE MAÎTRISE PAS CETTE "FORCE"... ELLE VA FINIR PAR M'ENGLOUTIR.

DU CRAN, ANDY !
PAF ぱちん
c'est la deuxième fois, aujourd'hui...
J'IGNORE CE QUI TE TOURMENTE, MAIS TU N'AS MÊME PAS SORTI TON ARME DEVANT TON ENNEMI !!
JE CROYAIS QUE TU AVAIS POURTANT DÉCIDÉ DE TE BATTRE, NON ?!

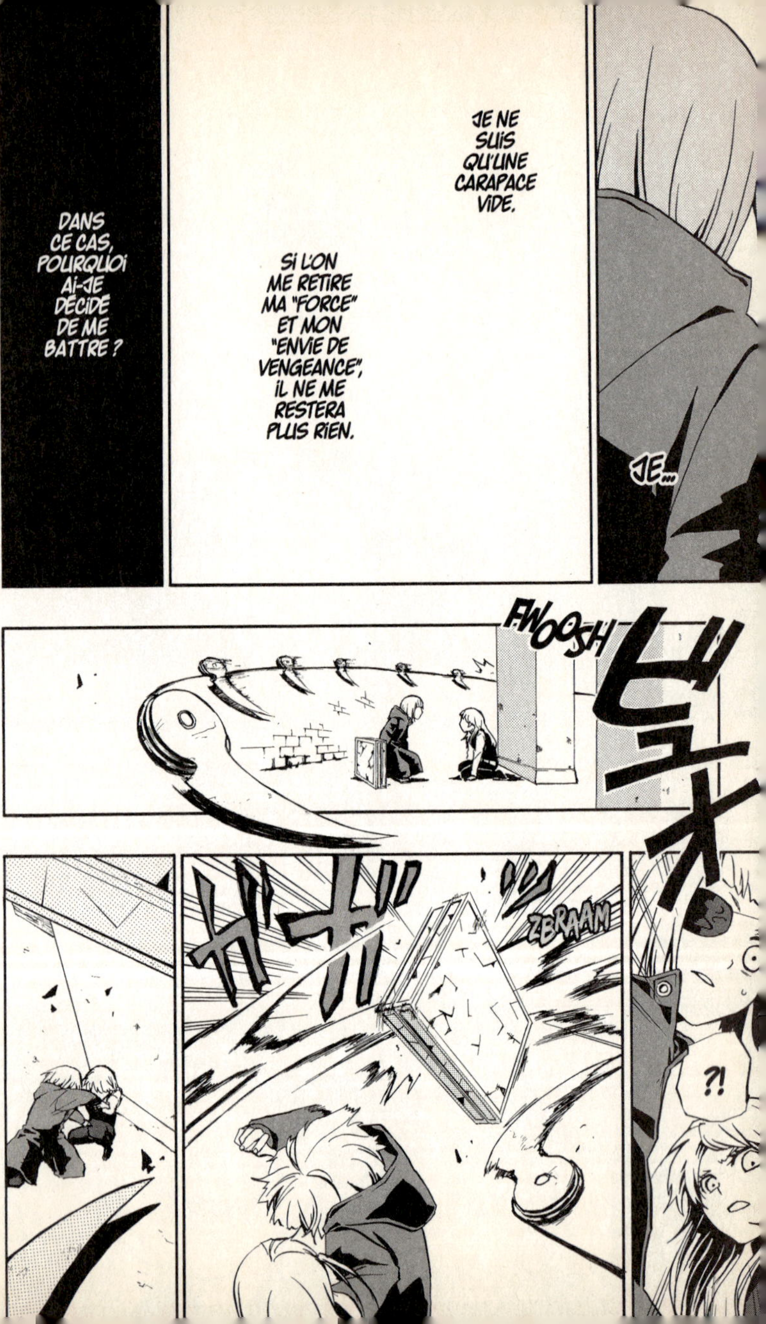
JE...
JE NE SUIS QU'UNE CARAPACE VIDE.
SI L'ON ME RETIRE MA "FORCE" ET MON "ENVIE DE VENGEANCE", IL NE ME RESTERA PLUS RIEN.
DANS CE CAS, POURQUOI AI-JE DÉCIDÉ DE ME BATTRE ?
FWOOSH
ZBRAAM
?!

J'AI...
J'AI DÉCIDÉ...
... DE PORTER CETTE GUILLO-TINE.
SDOM

C'EST DE MA PROPRE VOLONTÉ...
SHKLANG
...QUE JE SUIS DEVENU UN RED RAVEN !!
GNIP
ANNA... JE VAIS AVOIR BESOIN DE TON AIDE.
HEIN ? QUOI ? QU'EST-CE QUI T'ARRIVE, TOUT À COUP ?
ÉCOUTE ! LA PIÈCE QUI MÈNE AU CLOCHER SE TROUVE DERRIÈRE LA PORTE DU FOND. C'EST LÀ-BAS QUE SONT ENTREPOSÉES LES ARMES.
...
...
MAIS... MAIS, SI JE FAIS ÇA, TU VAS, TOI AUSSI...

VLAN
JE COMPRENDS QUE LES FAIBLES N'AIENT PAS D'AUTRE CHOIX QUE DE SE CACHER...
STAP
... MAIS JE N'AI PAS LE TEMPS DE JOUER INDÉFINIMENT AVEC VOUS.
VAS-Y, ANNA !
NE T'EN FAIS PAS POUR MOI.
RAAH ! TU ES INCORRIGIBLE !!
OÙ VAS-TU COMME ÇA ?
KLIC
KZIM

FWAASH
IL A REPOUSSE MON ATTAQUE AVEC SA CHAINE !!
DASH
A-T-IL UTILISE L'OEIL BESTIAL ?!
GULP !
IL SE DE-BROUIL-LE...
...PLUTÔT BIEN.
!
DASH
TU PRENDS ENCORE LA FUITE ?
TON ESQUIVE ETAIT-ELLE JUSTE UN COUP DE CHANCE ?!
TAP
TAP

TU T'ENFUIS ALORS QUE TU POSSÈDES LA PUISSANCE D'UN SCCAGGS.
TU NE MÉRITES PAS DE VIVRE PLUS LONG-TEMPS.
NON... JE NE FUIRAI PLUS.
!
KSHAC
チャ
カ
TU N'ES QU'UN IMBÉCILE, ANDY ! JE FAIS ÇA PARCE QUE TU ME L'AS DEMANDÉ, MAIS NE VIENS PAS TE PLAINDRE SI ÇA FINIT MAL POUR TOI !!
BANG
KLANG
OÙ EST-CE QU'ELLE VISE...?
AH
はっ
KLANG

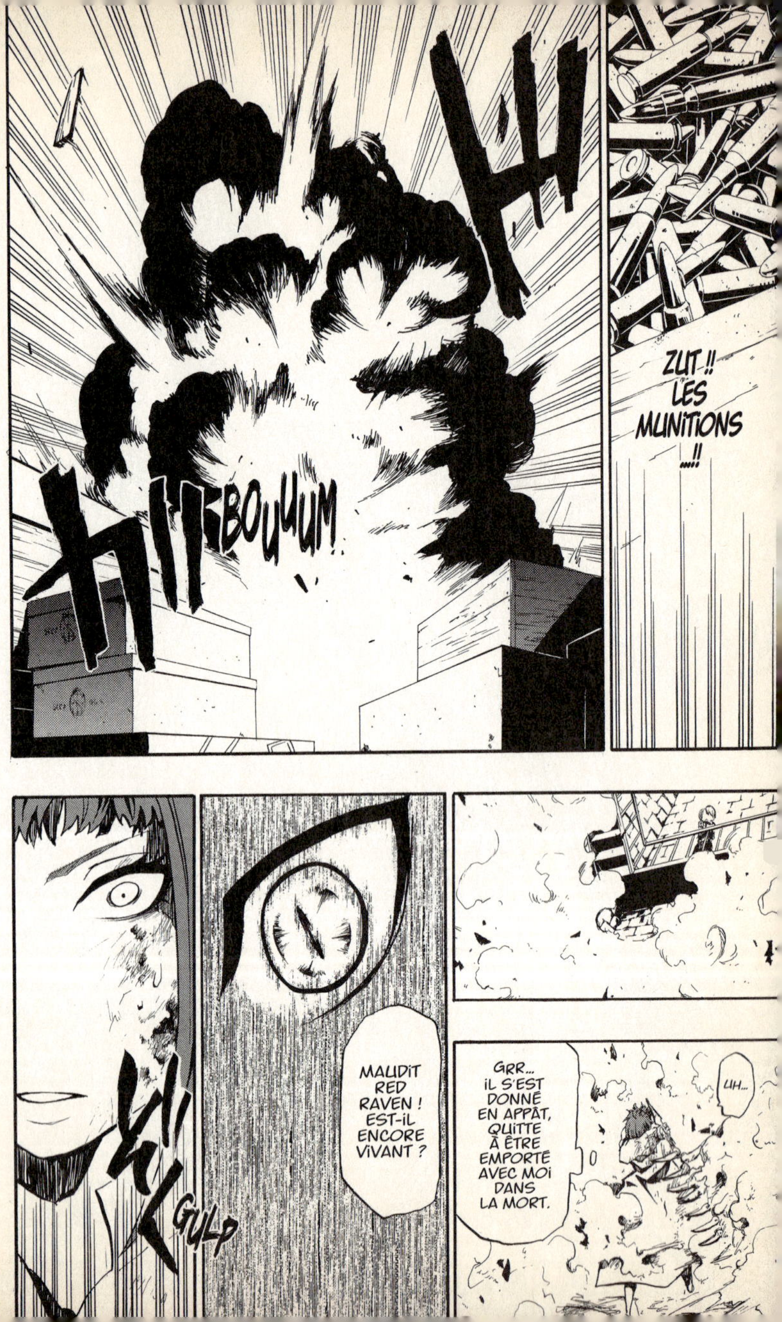
ZUT !! LES MUNITIONS ...!!
BOUUUM
UH...
GRR... IL S'EST DONNÉ EN APPÂT, QUITTE À ÊTRE EMPORTÉ AVEC MOI DANS LA MORT.
MAUDIT RED RAVEN ! EST-IL ENCORE VIVANT ?
GULP

BWOOF
IL S'EST SERVI DE SA GUIL-LOTINE COMME BOU-CLIER ...!!
JE T'AI DIT QUE JE NE FUIRAI PLUS.
J'AI DÉCIDÉ DE ME BATTRE CONTRE LES SCCAGGS... NON SEULEMENT, MON ŒIL DROIT...

Red Raven - Fin du tome 4

SPECIAL Thanks

- Yoshichika Eguchi
- Kiyokaze
- Yûto Saitô
- Nora
- Toutes les personnes qui m'ont aidé
- Mes amis
- Mon responsable

Ce manga est publié dans son sens
de lecture originale, de droite à gauche.

Ici, vous êtes donc à la fin.

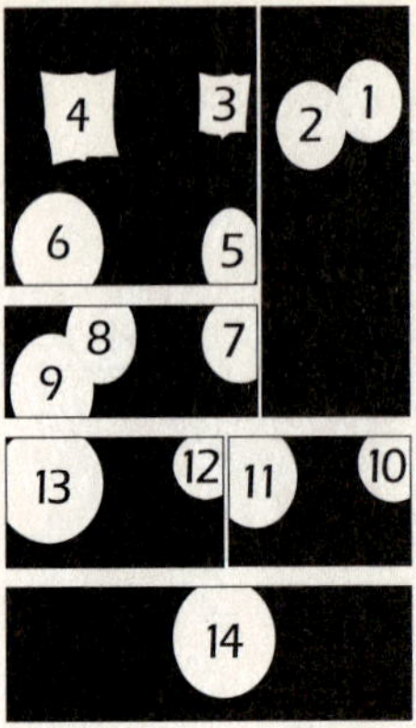

RED RAVEN vol. 04

Pour la traduction française:
KANA (DARGAUD-LOMBARD s.a.) 2013
7, avenue P-H Spaak - 1060 Bruxelles

Dépôt légal d/2013/0086/114
ISBN 978-2-5050-1768-4

Conception graphique : Joachim Roussel
Traduit et adapté en français par Frédéric Malet
Adaptation graphique : Eric Montésinos

Imprimé en Italie par G. Canale & C. S.p.A. - Borgaro T.se (Torino)